HANTE

*Pire que vos pires cauchemar*

# LE CAMPING DE LA MORT

THIBAULT VERMOT

casterman

« Dans la vie, on rêve d'être quelqu'un… Mais comme dans tous les rêves, un monstre surgit à la fin. »

Rust Cohle

Casterman
Cantersteen 47, boîte 4
1000 Bruxelles
Belgique

www.casterman.com

ISBN : 978-2-203-22248-9
N° d'édition : L.10EJDN002466.N001



Achevé d'imprimer en mars 2021, en Espagne, par Liberduplex
(Carretera BV-2249 Km. 7,4, Polígono Industrial Torrentfondo,
08791 Sant Llorenç d'Hortons, Barcelone, Espagne).
Dépôt légal : avril 2021 ; D.2021/0053/134

Déposé au ministère de la Justice, Paris (loi n° 49.956 du 16 juillet 1949
sur les publications destinées à la jeunesse).

# 1.

Je m'appelle Thibald et j'ai treize ans. Mon prof de français m'a toujours dit : la chose à laquelle les écrivains font particulièrement attention, c'est le début de leur roman. Ils trouvent toujours de chouettes phrases, des trucs qui attirent l'œil comme « Je cherchais un endroit tranquille où mourir » ou « Andreas Schaltzmann s'est mis à tuer parce que son estomac pourrissait ». La pire chose à faire, disait encore mon prof, c'était de commencer avec des phrases du genre « Il était 5 heures de l'après-midi » ou « Je m'appelle Machin et j'ai tel âge ». Si j'avais voulu écrire une histoire, je n'aurais sans doute pas fait ça, j'aurais trouvé quelque chose de mieux, mais 1) il faut bien commencer quelque part, et 2) si j'avais voulu faire mieux j'aurais jamais écrit « prof » ou « truc ». J'aurais fait un effort de langage. Mais je me fiche d'écrire des romans. Ce que je vais vous raconter n'a rien à voir avec un roman. Maintenant nous sommes sortis de la forêt, je ne sais pas comment nous avons réussi. Tom est mort. À droite et à gauche il y a une sorte de chemin en dur, pas une vraie route, et on commence à courir dessus. J'aurais préféré une route mais on ne va pas faire la fine bouche. Si on veut s'en sortir, on ferait mieux d'arrêter de réfléchir. Courir et ne pas nous arrêter.

Ce que je vais vous raconter est vraiment arrivé.

# 2.

Ça a commencé avec le Rituel.

Les cours venaient de finir, on était en juillet, et Tom et Sacha, les jumeaux, m'ont dit de venir sur la place du marché, là où on se retrouvait toujours avec les autres pour faire du skate ou juste s'asseoir et parler des profs, du collège et des filles. Je me doutais qu'on allait enclencher le Rituel, et ça me faisait quelque chose comme une boule chaude dans le ventre. Appelez ça le bonheur… ! Tom son vrai nom c'est Thomas, mais quand ça dépasse deux syllabes la bouche préfère couper les noms. C'est comme ça que ça fonctionne. Moi c'est Thib, et il y a aussi Juliette. Juju. Avec Sacha on est tous les quatre dans la même classe.

Il y a deux ans, on s'est aperçus qu'on était fans de *Stranger Things*, et peu à peu on s'est mis à parler d'autres choses, de cartes Magic, de *Final Fantasy*, de Lovecraft. Dans toutes les classes il y a toujours des branleurs, des timides, des méchants, des premiers de la classe et des geeks. Tom, Sacha, Juju et moi, on faisait clairement partie de la dernière catégorie, et comme tous les geeks, on avait un Rituel : pendant les vacances, on se faisait une soirée chez les uns ou les autres et on finissait toujours par regarder *Stand By Me*. Si vous n'avez pas vu ce film, c'est l'histoire d'une bande de copains qui font croire à leurs parents qu'ils vont camper dans le jardin d'un copain, et qui en profitent pour parcourir cinquante kilomètres dans la forêt le long d'une voie ferrée. Ils ont entendu parler d'un corps dans le coin de Back Harlow, un garçon de leur âge qui s'est perdu dans les bois et qui a fini par se faire cogner par un train – et ils veulent le retrouver. Le voir. Leur premier cadavre. Il leur arrive tout un tas de trucs. Soirée pop-corn garantie.

J'ai pris mon sac à dos avec mon deck Magic (on sait jamais), j'ai sorti mon vélo du garage, j'ai respiré l'air chaud et en trois coups de pédales j'ai dévalé les rues jusqu'à la place.

## 3.

Quand je suis arrivé au marché, ils étaient déjà là. Ils m'ont vu au milieu des étals et de tous les gens qui transportaient des sacs de courses et ils ont fait des grands signes de bras. Ils avaient des sourires comme des soleils. Le ciel était bleu pur au-dessus de nous, la brise rafraîchissait un peu l'air chaud. C'était les grandes vacances. On s'est serré la main, j'ai fait la bise à Juliette. On s'est mis à parler de la fin des cours, comme quoi c'était chouette, et de ce qu'on allait faire pendant les vacances. Je devais partir à la mi-juillet avec mes parents. Quand je leur ai dit, ils ont fait de drôles de têtes.

— Il va falloir mettre en place le plan rapidement alors, a dit Tom.

Il a fait un clin d'œil à Sacha qui s'est mis à rire. Juliette aussi.

— Un plan ? je leur ai dit. Quel plan ?

— Cette année, a dit Juju, on a décidé de changer le Rituel.

— Eh ! j'ai crié, vous auriez pu m'en parler !

Ils ont éclaté de rire.

— C'est justement pour ça que t'es ici, a lancé Sacha avec un clin d'œil.

Tom s'est raclé la gorge. Ça sentait la Grande Annonce :

— On s'est dit qu'il était temps de se lancer dans un truc genre *Stand By Me* ou *Colorado Train*, prendre les vélos, camper en forêt et vivre des aventures. Qu'est-ce que t'en dis ?

J'ouvrais à peine la bouche pour répondre, Sacha a continué.

— On a treize ans et les soirées films c'est super, mais c'est le moment de passer à autre chose.

— Prendre les vélos, a dit Juliette. Embarquer les tentes, suivre la voie verte et camper au milieu de la forêt du Deffends. Alors… ?

Mon cerveau s'était mis à tourner comme une roue à hamsters. J'ai observé un silence assez court pour être digne. Puis d'une voix pleine de détachement, j'ai articulé :

— Je sais pas. Faut que j'examine la proposition.

— T'es fou ! a dit Sacha

— Examiner quoi ? a dit Juju. Si c'est mieux de *regarder* les aventures, ou de les *vivre* ?

— Nos parents sont tous d'accord, a souligné Tom.

— C'est sûr, j'ai soufflé. C'est une idée. C'est même une super idée.

Il y a eu un silence. L'idée creusait doucement dans ma tête. On s'est assis sur le banc et on a regardé les gens passer. La boule chaude dans mon ventre s'était mise à gonfler. De chez moi, la forêt n'est qu'à quelques kilomètres après les champs de lin. Mais jamais je m'étais dit que ça pouvait être à mon tour de vivre ça, camper avec des copains dans la forêt. Passer une nuit dehors. Avec la nuit qui tombe comme un sac, pas une lumière pour se repérer, les étoiles cachées dans les branches. Le feu de camp et nous autour, soudés. La nuit blanche à jouer à Magic et à se raconter des histoires qui font peur. La boule chaude a encore gonflé. J'allais demander ça à mes parents. Je leur dirais que c'était ça, grandir. Je les connaissais, ils tomberaient d'accord avec ça. Mes parents sont très : « Ça forge le caractère » et « Laisse-le faire ses expériences », et « Si tu tombes, c'est pas grave, relève-toi ».

— Ce qu'il faudrait faire, ai-je dit avec force, c'est une liste.

— On y est, a souri Tom.

— Thib et ses listes, a rigolé Sacha.

— Il a raison, a dit Juliette, je ramène les sodas.

— Du Coca, j'ai dit.

— Du Sprite, a enchaîné Sacha.

— Je piquerai deux-trois Red Bull, a glissé Tom avec un clin d'œil.

— On est d'accord que le Schweppes c'est dégueu ? a dit Juju.

On s'est exclamés tous en même temps que ça craignait à mort et que le Schweppes était banni de la liste.

En nous entendant rire et crier comme ça, les gens se retournaient avec des froncements de sourcils, surtout des vieilles du genre qui mettent vingt minutes à commander deux tranches de museau à la boucherie.

— Faudra pas oublier les sacs de couchage, a souligné Juliette.

— Imaginez, j'ai dit, nous aussi on tombe sur un corps le long de l'ancienne voie ferrée !

Les autres hululèrent à cette idée, qu'il fallait pas oublier les lampes-torches pour inspecter le coin, des sachets congélation pour les indices, du scotch Do Not Cross pour la scène de crime, etc. Ce que ça serait chouette… !

# 4.

Le soir même, on s'est retrouvés près de la médiathèque. Mes parents avaient dit oui. Ils aimaient bien Tom et Sacha, c'étaient des garçons tranquilles, et ils trouvaient Juju rigolote. Dans l'excitation, on parlait tous en même temps, on sortait des anecdotes.

— Mon père m'a raconté un truc, je dis aux autres. Qu'il a fait ça avec des potes quand il avait notre âge. Ses parents n'étaient pas au courant, et à un moment le père d'un copain est arrivé en voiture pour les choper. Ils ont vu les phares jaunes tourner sur la route, alors ils ont plongé dans un champ de blé, et le mec est passé sans les voir... !

— Les parents trouvent ça super aussi, dit Sacha. À croire qu'ils voudraient venir avec nous !

— Par contre, ils ont interdit la bière, dit Tom.

On éclata de rire.

— Ils m'ont fait le même coup, je dis.

— Pareil, dit Juju.

Mais elle avait un drôle de sourire, comme si quelque chose clochait.

— Juju ? dit Tom.

— Il y a une tuile, elle dit.

— Tuile de quoi ? Tes parents ont dit non… ?

— C'est pas ça.

Elle arrivait pas à en dire plus. Dans mon cerveau, la roue à hamster tourna et cracha une bille. Je claquai des doigts.

— C'est Aymeric, je dis d'une voix nouée. Ils veulent qu'on emmène Aymeric avec nous. Sinon tu ne viens pas.

Il y eut un court silence. Au-dessus de nos têtes, un vol d'oiseaux passa en V inversé. Juliette eut l'air libérée d'un poids.

— Voilà, dit-elle. C'est ça. Faut rajouter « 1 x Aymeric » sur la liste.

# 5.

Aymeric était le petit frère de Juliette. Il avait dix ans et il était bizarre. Un psychologue parlerait de « profil hétérogène », une autre manière de dire qu'Aymeric était doué dans certains trucs et que dans d'autres ça ne fonctionnait pas du tout. Par exemple, il était nul en orthographe. Il avait une écriture pourrie. Et il ne s'entendait pas avec les autres élèves. Il faisait tellement la gueule que les autres finissaient par l'éviter. Donc l'école c'était pas son truc. Par contre il avait une mémoire eidétique, c'est-à-dire qu'il pouvait retenir quelque chose juste en le lisant, et il dessinait. Il dessinait vraiment bien. Juju nous avait raconté que dans sa chambre elle avait déjà trouvé une pile de carnets avec juste des mains dedans, des mains dessinées, et que de voir toutes ces mains ça l'avait fait flipper. Mais Aymeric était doué pour ça. Il y passait son temps. C'est le seul truc qui lui donnait le sourire, d'après Juliette.

— Oh non, gémit Tom. Me dis pas qu'il va falloir traîner ce gosse.

— Tu peux pas leur expliquer, suggéra Sacha, que quatre grands de treize ans et un petit de dix c'est pas compatible ?

— Ils m'ont dit : « C'est comme dans le Club des cinq, Juju. Il y a Annie. Elle a dix ans. »

— Le Club des quoi ? grognai-je. On est quatre !

— Dans *Stand By Me*, protesta Tom, personne n'a dix ans.

— Et puis il est vraiment bizarre, dit Sacha. Il va pourrir l'ambiance.

— Mes parents lui en ont déjà parlé, dit Juliette. Il est enchanté de venir.

— C'est pas vrai ! s'exclama Sacha.

— Il faut régler ça, dit Tom. Tirons à la courte paille.

— À la courte paille pourquoi ? grogna Juliette.

— Tu vas voir.

On trouva de quoi faire les pailles, on tira. Je me retrouvai avec la plus petite. Tom se tourna vers moi, joignant le bout de ses dix doigts, solennel.

— Thibald.

— Eh, oh ! je lui dis. Pas de « Thibald » qui tienne !

— Tom a un service à te demander, ricana Sacha.

— Thibald, enchaîna Tom, faut que t'ailles voir le nain – enfin, Aymeric. Histoire de prendre la température. Puisqu'il faut s'y habituer, autant commencer maintenant. Tu lui expliqueras les règles.

— Règle n° 1, dit Juju : pas de téléphone. La vraie aventure.

— Règle n° 2, dit Tom sur un ton mielleux, tous les participants dénommés Aymeric doivent la boucler.

— Pourquoi moi je dois le voir ? glapis-je.

— T'as tiré la paille, s'esclaffèrent Tom et Sacha.

Ils se bourrèrent de coups de coude en ricanant.

— Moi, dit Juliette avec un grand sourire, je peux pas lui parler sans devenir dingue. Il faut quelqu'un qui reste calme.

— Il y a que toi, ils dirent en chœur.

Les salauds.

# 6.

Le lendemain matin j'allai frapper à la porte des Vasseur, les parents de Juliette et du nain. Leur mère m'ouvrit la porte, son visage s'éclaira.

— Tu dois être Thibald, lança-t-elle. Juju m'a dit que tu passais. Entre ! Alors comme ça, vous allez faire du camping ? Ça va vous dégourdir les jambes, c'est bien ! Mimi est dans sa chambre.

*Heinquiça ?* me dis-je, et ça dut se voir sur ma tête.

— Aymeric, précisa sa mère en riant.

Je lui dis « merci Madame », pris par l'escalier et frappai à la porte de « Mimi ». J'entrai sans attendre. Le gamin était assis à son bureau ; il pivota sur son fauteuil avec un lumineux sourire :

— Quelqu'un t'a dit d'entrer, tête de nœud ?

— Salut, Aymeric, soupirai-je.

Il fit à nouveau tourner le fauteuil et revint à ses affaires. Il était en train de griffonner des trucs et passait du crayon à papier de temps en temps sur un carton blanc de la taille d'une lame de tarot, c'est comme ça qu'on appelle ces longues cartes à jouer. Au bout d'un moment, je m'approchai d'un pas furtif et je me mis à regarder par-dessus son épaule. J'ouvris juste la bouche en O et je ne dis rien.

Il dut s'apercevoir de mon étonnement parce qu'il releva la tête. Il souriait toujours et enleva ses grosses lunettes.

— C'est un jeu que j'invente. Là, c'est une carte d'équipement.

Il avait dessiné une épée, tenue à la garde par une main longue et osseuse.

— Il ne manque plus que la couleur, ajouta-t-il en désignant du menton une boîte d'aquarelle ouverte sur son bureau.

Il y avait des taches partout sur le bois, et au-dessus, accrochées à un fil métallique par des pinces à linge, d'autres cartes étaient en train de sécher. Un arbre tordu, un homme portant un bouclier, une créature difforme et bossue, pas plus haute qu'un enfant de quatre ans. En plus de dessiner, Aymeric savait manier la couleur.

— Hé, comment tu fais ça ? murmurai-je. C'est génial... !

— C'est pas « génial », tête de nœud. C'est du travail, c'est tout. N'importe qui pourrait en faire autant. Faut juste s'y mettre.

— Mon nom, c'est Thibald, je lui dis en fronçant les sourcils. Pas « tête de nœud ». Compris ?

— Hin-hin, rigola Aymeric. Thibald, ça fait Bithald si tu le dis dans le désordre.

— Très drôle, « Mimi », répliquai-je avec un fin sourire.

*Tu veux jouer à ça ?* je lui disais juste avec les yeux. *On va jouer à ça.*

Il me regarda avec son sourire à plat, un trait qui lui coupait le visage en deux. Puis il remit ses lunettes. Des culs de bouteille.

— Dommage, il dit. Ça t'allait si bien. Mais comme tu veux.

— Celles-là, elles sont finies ? je lui dis en montrant les cartes qui séchaient.

Il posa son crayon et décrocha l'arbre tordu, qu'il éleva dans le soleil qui passait par la fenêtre.

— Nan. Il manque le texte. Celle-là, c'est une carte de terrain. Elle te permet de regagner un point de vie par tour.

— Le texte ?

Il me regarda par-dessus ses grosses lunettes.

— Écoute bien, Bithald. Je sais exactement ce que tu es en train de te dire, qu'Aymeric sait pas écrire et tout. Les gens se trompent quand ils disent ça. Je ne sais pas écrire aussi bien qu'eux, mais j'ai mis autre chose au point.

Il ouvrit le tiroir de bureau et me tendit un petit carnet. Je feuilletai. Dedans il y avait des bâtons partout. Un carnet rempli de bâtons. Mais à la longue, je devinai qu'il s'agissait de lettres. Des lettres étranges, des sortes de runes, genre **N Џ Ï**. *Tiens*, je me dis, *il a trouvé le moyen d'imaginer un alphabet à lui pour ne pas* *s'embêter avec les lettres... ?* Peut-être aussi pour bien montrer qu'il était différent. Je ne sais pas pourquoi, cette idée me mit mal à l'aise.

— Ça fait combien de temps que tu as inventé ça ? lui demandai-je en refermant le carnet.

Aymeric prit l'air d'un conspirateur.

— C'est un savoir inconnu, murmura-t-il. Un savoir qui éveille des choses dans la nuit. J'aime bien ces lettres. Et puis sur les cartes, ça rend bien. Le dessin, la couleur, le lettrage, tout ça crée une sorte d'alliance.

— Des choses dans la nuit ? Alliance... ?

C'est vrai qu'il était bizarre, Mimi. Et même il se foutait de ma gueule, c'était clair. Je ne devais pas avoir l'air assez enthousiaste à son goût, car il fronça les sourcils et brailla :

— Va voir à la fenêtre, tu vas comprendre.

Il attrapa une lame de carton et commença à dessiner. Je scrutai par la fenêtre, il y avait juste le jardin avec quelques arbres, un noyer, un bouleau à deux troncs, une chaise longue en dessous, l'herbe cramée à cause de la chaleur du mois de juin qui venait de finir. Dans le bouleau, deux pies criaient. Ces fichus piafs c'est la plaie des jardins, ça chasse tous les autres, les mésanges, les moineaux. Je me retournai discrètement ; Aymeric trempait un pinceau dans un godet d'aquarelle noire. Je revins à la fenêtre. Je l'entendis poser le pinceau, puis comme un grattement de mine sur le carton. Les pies criaient toujours. Mon regard balaya jusqu'à la cabane de jardin, puis au bouleau. J'eus soudain un mouvement de recul : c'est arrivé *comme ça*. L'une des pies venait de donner deux coups de bec dans la tête de l'autre. Le temps que je tourne la tête, elle s'envolait en tenant un truc rond dans son bec, tandis que la seconde pie tombait de toute la hauteur du bouleau, les ailes flasques, et se brisait le cou au sol. Je secouai la tête pour voir si je n'étais pas en train de rêver, mais la seconde pie était bien au pied de l'arbre. Pendant qu'elle tombait, je l'avais vue frémir et essayer de battre des ailes. Mais maintenant elle était morte.

— Alors ? Alors ? J'ai réussi, hein ? J'ai réussi... ?

Je sursautai. Ce petit crétin avait presque crié dans mon oreille.

Il brandit sous mon nez la carte qu'il venait de dessiner, en deux ou trois minutes.

Dessus il y avait deux oiseaux. L'un d'eux était allongé. L'autre tenait un truc rond dans son bec. L'œil de l'oiseau mort. Aymeric s'était fait plaisir avec la couleur rouge. Il avait écrit des trucs en bâtons avec son alphabet crypté.

— C'est quoi, ça ? articulai-je. Tu peins super vite, c'est ça que tu veux dire ?

— Mais non ! cria-t-il. J'ai dessiné cette carte, et *après* c'est arrivé !

J'éclatai de rire.

— Tu racontes n'importe quoi ! C'est arrivé, et *après* tu l'as peint !

— Personne me croit quand je fais ça ! pleurnicha-t-il.

Puis il plissa les yeux avec son sourire de conspirateur.

— C'est pas la première fois que ça arrive, Bithald ! Pourquoi je t'ai demandé d'aller à la fenêtre à ton avis ?

Quelque chose bloquait dans ma tête au niveau de la logique, mais il n'allait pas me faire avaler ça.

— Pour préparer ton coup, finis-je par articuler.

— Préparer aucun coup tu veux dire ! J'ai dessiné *et* c'est arrivé !

Je le chopai par l'épaule et me mis à le secouer en rigolant.

— Tu te fous de moi… ! T'as vu le truc se passer à la fenêtre et tu as modifié ton dessin. C'était bien fichu ! Splendide, même. Franchement, tu sais peut-être pas écrire comme tout le monde mais tu –

— Tu me crois pas alors, dit-il.

Il avait son sourire plat. Je me grattai les cheveux. Il avait sorti cette phrase avec le ton parfait. À un moment je l'avais presque cru. Je me remis à rigoler.

— Bon, parlons un peu de ce camping en forêt, Mimi. Départ demain, rendez-vous sur la place du marché à 8 heures, on part tôt comme ça on évite les heures trop chaudes. Quand ce sera le cagnard, on sera déjà dans la forêt.

On parla un peu de la sortie, du matériel à emporter. Mimi s'était détendu, et moi aussi je commençais à prendre confiance. Pendant qu'on parlait, je me dis que les gens il faut savoir les prendre par le bon bout et après ça va comme sur des roulettes, on peut s'entendre, même les bizarres. On finit par se serrer la main en se disant à demain.

— Au fait, je lui dis en me retournant avant de quitter la chambre, pas de téléphone. Compris ?

— J'ai pas de téléphone, il grogna.

— Et puis un de ces jours, ce serait chouette que tu puisses me dessiner une carte. Un truc spécial. Ça me ferait plaisir.

Je pactisais avec le nain. Si on devait l'emmener avec nous, autant que ça se passe bien, non ? Aymeric prit le temps de réfléchir derrière ses grosses lunettes et me répondit d'un air malin :

— Ouais, une jolie carte rien que pour toi. Un de ces jours.

Je ne sais pas pourquoi, mais mon cerveau avait déjà classé l'affaire de la pie. Comme si je n'arrivais pas à intégrer ça à mon monde.

J'aurais dû y faire attention dès ce moment.

# 7.

À 8 heures du mat', le soleil était déjà chaud. Ça ne tapait pas encore, mais ça promettait une journée où les gens se planqueraient dans les maisons, volets tirés pour empêcher la chaleur d'envahir les pièces. Nous, on s'en moquait pas mal. Dans une heure on serait dans la forêt, à l'ombre, avec la terre qui garde la fraîcheur jusqu'au soir.

Enfin, on y serait si Juliette et son frère bizarre décidaient de se pointer.

— Ça fait combien ? dit Tom.

— Ça fait un quart d'heure, dit Sacha.

Un quart d'heure qu'on attendait. On avait eu le temps de vérifier la bouffe et les paquetages. Tout le monde avait son duvet pour dormir. D'une poche intérieure de mon sac à dos, j'avais tiré une hachette, longue comme l'avant-bras. Sacha avait sifflé, Tom m'avait demandé pourquoi je me trimballais avec ce truc.

— Bah, pour couper des branches, je sais pas moi, j'avais dit. Au cas où.

— Au cas où quoi ? avait ricané Tom. Au cas où tu tombes sur un troll ?

J'avais haussé les épaules. Une hache, c'est toujours utile dans la forêt.

Soudain Sacha poussa un cri en levant le bras. Au loin, dans la perspective d'une rue qui menait à la place du marché, deux silhouettes remontaient lentement la route à vélo.

— C'est eux ! vociféra Tom.

— C'est pas trop tôt ! pesta Sacha en étouffant un juron.

Ils arrivèrent enfin.

— C'est Aymeric, râla Juliette. Il a mis des plombes à boucler ses affaires, il avait préparé une liste comme ça (elle montra une hauteur qui dépassait sa tête) et il arrivait pas à caser son matériel dans son sac.

Aymeric la regardait d'un œil goguenard ; elle leva les yeux au ciel et donna un coup de poing dans le sac en question. On avait le même. Un Eastpak bleu foncé.

— Matériel de quoi ? De pêche ? s'enquit Sacha.

— De peinture, dit Juliette en lançant un regard noir à son frère, qui souriait platement.

— On y va ou on se touche ? se contenta-t-il de dire.

— On y va ! s'exclama Tom.

On enfourcha les vélos et on fila à toute vitesse vers la sortie de Loupviers. Le soleil avait déjà grossi, et on était en sueur avant même d'être sortis de la ville. Tom et Sacha hululaient comme des Iroquois en roulant à toute blinde. Je me mis à les suivre en appuyant sur mes mollets. « Pousse-toi, Bithald ! » cria Juliette derrière moi, et elle me dépassa. Je pédalai comme un fou, mais elle était toujours devant, les fesses un peu au-dessus de la selle, tricotant des jambes. Je regardai derrière moi ; Aymeric n'avait pas accéléré d'un poil, il était deux cents mètres derrière, il trafiquait je sais pas quoi sur son guidon et avançait en zigzags. Je haussai les épaules. S'il voulait jouer au gars qui se mêle pas à la foule, c'était son problème. Les trois autres freinèrent. Je les rejoignis aussitôt.

— On va tout droit ou à droite ? fit Tom avec l'air d'un comploteur.

— À droite, je dis. On a juste la grand-route à traverser, et après c'est l'entrée de la forêt.

— L'entrée de la forêt avec la côte de bâtard, dit Sacha.

— De toute façon, mec, on doit monter si on veut rejoindre le plateau, je dis à Sacha.

— Tout droit, dit Juliette, je connais un sentier après le club hippique, par où on peut rejoindre le plateau du Deffends. C'est super joli, par là. Champêtre, vallonné et tout.

— C'est une bonne idée, fit Tom.

— C'est une bonne idée parce que c'est Juliette qui le dit, dis-je d'un ton doucereux.

— T'es jaloux ? dit Tom avec un grand sourire.

Aymeric arriva sur son vélo de nain, dérapant comme un tordu. Si j'avais pas refermé la bouche, sûr que j'aurais eu droit à un sandwich au gravier.

— Bon, on prend à droite ? dit Aymeric.

— Nan, on lui répondit en beuglant. Tout droit.

L'avantage c'est qu'il faisait l'unanimité.

# 8.

On suivit Juliette et Tom qui ouvraient la voie, en file indienne. On montait doucement, c'est vrai que c'était plus agréable que la rude côte d'un kilomètre à grimper d'un seul coup. Ça, le damier d'ombre et de soleil à travers les haies du chemin, la poussière qui jaillissait sous les roues, le chant des coqs qui se répercutait dans le vallon, le grincement de volets des gens qui se lèvent sur notre passage et qui ont le temps, on était bien. Je fermai les yeux deux secondes pour profiter.

On longea le club hippique, puis il y eut les vastes pâtures des canassons. Une nappe de soleil avait glissé le long des collines, jusqu'au creux de la vallée. Je sentais la sueur sur mon front et la poussière se coller dessus. On roula deux kilomètres comme ça, puis le chemin commença à se relever, et un peu avant la fin de la route Juliette leva le bras droit pour tourner. On suivit le mouvement : ça montait sec. Tom et Sacha commencèrent à faire la course, et ils prirent de la distance. Je sentis un souffle venu de l'arrière, Aymeric qui me dépassait. Il y avait de quoi faire la gueule, quand même ! Je me levai de ma selle pour appuyer avec les mollets, mais Mimi La Pédale garda la distance. Les muscles des jambes en feu, je me retrouvai le dernier jusqu'à ce qu'on arrive en haut de la côte.

C'est à ce moment que j'entendis hurler – c'était Juju. Curiosité ou stress, j'oubliai mes mollets en feu et je me mis à accélérer ; je ne tardai pas à arriver près du petit groupe.

Tom et Sacha entouraient Juju, Aymeric regardait tout ça ; Juju était par terre.

— Elle est tombée dans les ronces, me dit Aymeric.

— Je m'en serais pas douté, grognai-je.

— C'est dingue, souffla Tom, j'ai jamais vu une roue sauter comme ça.

— Il s'est passé quoi ? criai-je.

Juliette se releva péniblement, dégagea une ronce qui s'était accrochée à son bras et se frotta le bas du dos avec une grimace.

— Je venais de doubler les gars, souffla-t-elle, quand j'ai perdu une roue.

— Perdu une roue ?

— Ouais, dit Sacha, l'écrou devait pas être bien serré.

— Je sais pas, grommela Juliette. J'ai pas vérifié hier soir.

— Ça va ? je lui dis.

— Ouais. Quelques égratignures, rien de plus.

Elle saignait de la joue et la tamponna avec un mouchoir. Je me mis à chercher des pansements dans mon sac. Pendant ce temps, Tom remettait la roue. Il serra comme une brute. Aymeric me fila un coup de coude et me montra quelque chose qui dépassait de sa poche : c'était une de ses cartes. Il avait dessiné quelqu'un qui se cassait la figure à vélo. Je tirai la carte de sa poche d'un coup sec et regardai de plus près. La fille sur le dessin ouvrait une bouche comme un trou noir. Sur ses bras il y avait des entailles. Des traînées de rouge partout.

— T'es un malade, je lui dis, mais tu vas pas me faire croire à tes conneries.

— J'ai dessiné ça et elle s'est étalée comme une crêpe, affirma-t-il d'un ton doucereux.

— Tu as griffonné cette carte en arrivant sur les lieux de l'accident, répliquai-je du même ton.

— Tu me crois pas ? Tu vas voir, ricana-t-il.

Les autres étaient remontés sur leur vélo. Juliette fit un bisou sur la joue de Tom qui devint tout rouge. D'une pichenette, je jetai la carte à la tête d'Aymeric.

— Je vais rien voir du tout, minus. On repart.

# 9.

Les autres étaient repassés devant moi. Je me mis à grogner des trucs au sujet de tout le sport que j'avais séché cette année. On arriva bientôt à la grand-route, en haut du plateau. Après ça il n'y avait qu'à traverser et c'était la forêt du Deffends.

Les quatre devant moi disparurent au dernier tournant, et au-dessus des arbres retentit un cri, un cri d'oiseau.

Je levai la tête.

En plein dans le soleil, une pie volait. Elle avait une aile tordue. Puis elle plongea entre les arbres pas loin de nous. Pendant une seconde je vis son œil, ou plutôt l'endroit où il aurait dû y avoir son œil. Quand j'y repense, c'est à ce moment-là que j'ai eu l'impression d'être sur le seuil. Le seuil de quelque chose qu'il ne fallait pas traverser, mais qu'on allait traverser quand même pour nous retrouver à un endroit où plus rien n'aurait à voir avec la journée de soleil, le petit chemin herbu, le vallon.

Je passai le tournant et rejoignis les autres près de la grand-route. Ils s'étaient arrêtés pour m'attendre, et je ricanai comme quoi j'allais passer le premier. J'accélérai.

Ils me regardèrent avec des yeux ronds.

Juliette leva les deux bras, horrifiée. « Arrête ça ! » hurla Tom.

Par réflexe, je me mis à freiner. Aussitôt un rugissement de moteur explosa dans mes oreilles, couvrant la voix de Tom, et le souffle me fit vaciller sur mes cannes.

Un de ces énormes camions avait monté la côte et repris de la puissance dès que la route était redevenue plate. Il venait de nous frôler. Concentré sur la victoire, j'avais rien entendu. Je dérapai salement jusqu'à la bordure de la route.

En levant la tête, je vis le regard du conducteur dans le rétroviseur, deux yeux globuleux, comme sans paupières.

Je le regardai fixement.

Le 33 tonnes était déjà en train de s'éloigner, on ne voyait plus le rétro.

Les autres ouvraient de grands yeux, les cheveux dressés, de la poussière de goudron sur le visage. Ils s'étaient pris le souffle en pleine face.

— Toi qui voulais te raser les poils de chambes avant de partir, t'es servie, dit Aymeric à sa sœur.

Juliette rougit et ouvrit la bouche. Je me souvins de ce qu'elle disait d'Aymeric, qu'il la rendait dingue. Je comprenais mieux.

— Poils de chambes… ? articula lentement Tom.

Tout le monde tourna la tête vers Aymeric. Il avait son sourire de conspirateur.

— Ouais, t'as failli te faire tailler un short, me lança Sacha.

Ça coupa les autres, et on enfourcha à nouveau les vélos pour traverser la route – après avoir soigneusement regardé à gauche et à droite.

On était dans la forêt.

## 10.

On se mit tous à gonfler nos poumons. Ça sentait l'oxygène pur, la chlorophylle et la moisissure des mousses et des feuilles tombées.

— C'est le pied, hein ? me lança Tom. Comme dans *Stand By Me* !

— Ouais, je répondis en riant. Tu sais pas où ils ont planqué le corps, par hasard ?

— Quel corps ? demanda Aymeric.

— Celui du film, dit Sacha.

— Laisse tomber le film, dit Juliette. Il est trop petit pour ça.

— Je veux savoir l'histoire du film ! trépigna Aymeric.

Elle haussa les épaules et avança. Sacha se mit à expliquer l'histoire au minus. Il se mit à faire des « Ah ? Ah ouais ! » au fur et à mesure. Je remarquai ses doigts qui gigotaient sur le guidon. On aurait dit qu'il prenait des notes.

Tom avait sorti une carte des parcelles. Je le rejoignis. Si on veut partir à l'aventure en forêt, il n'y a qu'à prendre une carte des parcelles : tout est dessus. De l'aventure de petit joueur, diraient certains, c'est sûr que c'est moins flippant que les forêts d'Amérique. Là-bas, il y a toujours un marais qui fait des kilomètres de long, des arbres qui ne laissent pas passer la lumière ou des ours à tous les coins de rue. Mais on était simplement contents d'être là, avec notre carte et notre boussole. Le temps de se repérer, et on s'enfonça dans la forêt. Depuis Loupviers, on avait dû parcourir quinze bornes, il nous en restait autant avant de nous retrouver au cœur du bois, là où on voulait camper. Mais pour aller au cœur du bois, il fallait retrouver l'ancien chemin de fer.

Ce fut l'affaire de deux kilomètres. Après avoir longé des combes creusées dans le sol par d'anciennes rivières, on arriva près d'une sorte de talus qui courait en ligne droite à travers la forêt. Pour ce que j'en savais, c'était l'ancienne ligne de chemin de fer Rouen/Orléans. La butte de terre et de cailloux devait faire dans les six ou sept mètres de large – et quelque chose comme 250 kilomètres de long. Mais les trains ne passaient plus là-dessus depuis des dizaines d'années. Il n'y avait plus de ligne, d'ailleurs, juste le talus droit, monté à la force des pelles deux siècles auparavant, et qui s'enfonçait sous les arbres. On gara les vélos contre le talus. On sortit les bouteilles. Il faisait soif.

— Si je comprends bien, fit Aymeric, on suit cette vieille ligne de train jusqu'à ce qu'on trouve un cadavre, c'est ça ?

— On trouvera rien, dit Tom avec un sourire, en tout cas j'espère. Mais la ligne va là où on compte dresser les tentes pour la nuit.

Juju grimpa souplement sur le talus et donna des coups de talons. On entendit le silex crisser sous ses pompes. C'étaient de grosses pierres, un coup à s'enfoncer, à crever les vélos.

— Impossible de rouler là-dessus, conclut-elle.

Je l'avais rejointe.

— Autant y aller à pied, je dis. On n'a qu'à attacher les vélos ici et on les retrouvera demain, sur le chemin du retour. On ne risque rien.

— Bien vu, dit Sacha.

On boucla les cinq vélos en rond autour d'un arbre avec les antivols. Pendant ce temps-là, Aymeric trifouillait dans son sac. Il se mit à brailler.

— Hé, c'est l'heure de casser la croûte ! Je vous préviens, je fais pas un mètre de plus tant que j'ai pas bouffé un paquet de chips… ! J'ai les crocs !

Il était surexcité. C'est vrai qu'il était midi passé.

— Mais oui, dit Tom avec un grand sourire. Le nain a raison !

Le nain lui fit un doigt, Tom lui renvoya un bisou avec un dégoûtant bruit de succion. Mais l'un dans l'autre c'était chips-time, et Aymeric était content, et nous aussi. Il sautillait autour des vélos en extirpant son sachet « goût sel et vinaigre ». On s'assit en rond près des vélos et on sortit les sandwiches. Juliette s'était fait un salami-cornichons, le mien c'était un nordique spécial : rillettes de saumon, salade, câpres et mayo. Je m'apprêtais à croquer une large bouchée, quand un rugissement juste à côté de moi manqua me faire avaler ma langue.

— Merde ! Qu'est-ce que c'est que ça ?

Tom se leva d'un coup, crachant ce qu'il avait dans la bouche. Il jeta son sandwich dans les feuilles mortes au sol.

Il avait de la sueur plein le front, les yeux exorbités.

— Qui a pourri mon sandwich ? Tu parles d'une blague à la con !

On le regardait comme des flans. Juliette se leva pour aller voir et fit une sale grimace.

— Quel malpoli ! ricana Aymeric. Y a des enfants ici, fais attention à ton langage.

Tom se tourna vers lui, furieux. Il essuya la sueur de son visage. Aymeric croqua bruyamment une poignée de chips en le regardant droit dans les yeux. Il se marrait. Je mâchonnai un morceau de sandwich et allai voir celui de Tom dans les feuilles. Je déglutis et eus un mouvement de recul : j'étais servi. Des vers se tortillaient entre les trois tranches de pain et, maculé par les luisances du beurre, y avait un gros scarabée écrasé dedans, avec le jus et tout. Les pattes remuaient encore. Je crus que j'allais vomir par-dessus.

— Sympa, ton triple-limace, grinça Sacha qui était lui aussi venu voir l'attraction.

— Je comprends pas, cracha Tom. Pas une fois j'ai posé mon sac par terre.

Un mille-pattes glissa du sandwich et disparut sous les feuilles mortes. Je détournai le regard.

On partagea nos victuailles avec Tom. Aymeric lui laissa même le fond de son paquet de chips, là où il y a plus que les miettes. Tom regarda le sandwich que lui avait passé Juliette, le retourna, et dit : « J'ai plus faim. »

Puis on hissa les sacs sur nos épaules et, laissant les vélos derrière nous, on se remit en route le long de l'ancienne ligne de chemin de fer. Le soleil tapait haut au-dessus de nos têtes, mais à cet endroit le feuillage devenait plus épais, l'ombre plus foncée au sol.

On s'enfonçait dans la forêt.

Personne parlait. On se mit à ouvrir l'œil pour voir malgré tout si un cadavre ou deux ne traînaient pas dans le coin.

# 11.

Aymeric et moi on crapahutait côte à côte. Je m'étais mis à cogiter avec cette histoire de sandwich.

— C'est toi, je lui dis. Le scarabée dans le casse-dalle.

— Ouais c'est moi, souffla-t-il du tac au tac. T'as vu ça ?

— C'était dégueu. Y a pas de quoi être fier. Et Tom n'a pas lâché son sac une seule fois, il l'a dit. Comment t'as fait ?

— Comme pour le reste.

Et il me tendit une carte sortie de sa poche.

Il avait dessiné un sandwich. Entre les deux tranches de pain, un ver de terre ondulait, sortant la tête.

— Hein, t'en dis quoi ? Le résultat a carrément dépassé mes espérances, j'avoue ! ricana le gamin.

— J'en dis rien, espèce de crados. Je sais pas comment t'as fait pour fourrer ces bestioles dans son sandwich. Certainement pas avec tes cartes magiques. Je sais pas ce que Tom t'a fait, mais arrête tes conneries.

— T'as qu'à lui dire d'arrêter de draguer ma sœur. J'aime pas ce mec, c'est tout.

Je me tus et regardai devant moi. Tom et Juliette marchaient devant et parlaient sur un ton animé. Sacha était un peu en retrait, il essayait de participer à la conversation, mais les deux autres faisaient à peine attention à lui. Même de loin ça se voyait.

Aymeric était peut-être bizarre avec ses fausses cartes à la noix et sa propension à rire de trucs qui faisaient rire personne d'autre, mais il était clairvoyant. Tom draguait Juliette, ou Juliette draguait Tom.

— Ta sœur, c'est ta sœur, je dis à Aymeric. Occupe-toi de tes fesses.

— D'accord Papa, ricana Aymeric. Mais on n'a pas fini d'entendre parler de cette histoire, moi je te l'dis.

# 12.

Sous nos pieds, les pierres roulaient comme des engrenages, et on devait lever les genoux pour éviter de se faire happer par le talus. Les muscles de mes cuisses se tendaient davantage à chaque pas. Aymeric quitta bientôt ma compagnie pour rejoindre Tom et Juju. Les deux essayèrent de le semer, mais Mimi les dépassa en ricanant, parce qu'il était plus léger. Il s'enfonçait moins dans les cailloux. Il se mit à filer devant à trente mètres sans se retourner.

Pour ne pas perdre la face, fallait bien le suivre. Je rejoignis Sacha, et on se mit à accélérer le rythme.

— Il t'a montré ses cartes, Aymeric ? je dis à Sacha.

— Hein ? souffla Sacha.

— Ses histoires de cartes. Il est cinglé avec ça. Il dessine des trucs et il se vante que ça arrive.

— Hein ? grogna encore Sacha. C'est quoi ces salades ?

— Salade je sais pas, je dis, mais il a dessiné un sandwich pourri, et une fille qui se casse la figure à vélo, Après, dans le détail…

Mais ça n'avait pas l'air d'intéresser Sacha, qui disait « Ouais, ouais… » et regardait plutôt Tom et Juliette. Je finis par faire comme lui en me demandant ce que ça faisait de sortir avec une fille, je veux dire, *vraiment*. J'essayai d'imaginer s'il y avait eu encore des rails sur le talus, ce que ça ferait de voir un train arriver à toute vitesse en face de nous, et ça me fit repenser au 33 tonnes qui nous avait rasés sur la grand-route. Est-ce qu'Aymeric sauterait au bas du talus tout de suite, ou est-ce qu'il attendrait le dernier moment pour éviter le train ? Au-dessus de nous, il y eut encore un croassement d'oiseau, et j'avoue que je n'osai pas lever la tête, de peur de voir encore une pie à l'aile brisée, avec un œil en moins.

On arriva au campement un peu après le milieu d'après-midi. Le soleil était passé sur l'autre versant de sa course.

# 13.

Faut dire ce qui est, on était morts. On s'est écroulés dans un tas de feuilles, sans prendre la peine d'enlever les sacs de nos épaules, les bras en croix, et on a fermé les yeux quelques minutes sans rien dire. Après toute cette fatigue, ça faisait du bien. Puis Tom s'est relevé d'un bond.

— Allez, les héros ! Debout ! Faut monter les tentes, chercher un point d'eau, du bois sec pour le feu, ce genre de trucs.

— Et pourquoi tu veux chercher un point d'eau ? lui dit Aymeric. Nos bouteilles sont pleines.

Il posait tout haut ce que j'étais en train de penser, mais comme c'était Aymeric, j'étais plutôt du côté de Tom.

— Il faut toujours chercher un point d'eau, noob. C'est comme ça qu'on fait quand on campe.

— D'accord, dit Aymeric avec son sourire de limande. Je vais chercher un point d'eau. Les bêtes sont assoiffées, alors le point d'eau c'est important.

Il ramassa son sac à dos en ricanant et s'éloigna du campement. Je dis « campement », mais pour l'instant y avait juste nous en cercle et les feuilles mortes et c'est tout.

— Je vais chercher du bois, je dis en sortant la hachette de mon sac.

— Je viens avec toi, dit Sacha.

— Nous on monte les tentes, dit Juliette en collant son coude dans les côtes de Tom.

Il était aux anges de se faire frapper par Juliette. Au moment où on quittait la clairière, je regardai derrière moi et je vis Juliette sortir la tente auto-dépliante du sac en criant « Shazaaam ! ». La tente se gonfla d'un coup au milieu de la trouée de lumière et Tom se mit à rire. C'était pour la dernière fois.

## 14.

La hachette ne me servit pas à grand-chose, il n'y avait qu'à se baisser pour récupérer du bois mort. On revint au camp les bras chargés, une heure après notre arrivée dans la clairière.

Juliette et Tom avaient établi le camp sur le talus, à l'endroit où passaient les rails autrefois.

— Comme ça on est surélevés par rapport au reste, dit Juliette. En cas d'orage, l'eau s'écoulera au lieu de stagner.

C'était pas bête, parce que l'air était devenu lourd au fil des heures.

— On a mis aussi un tas de feuilles sous l'emplacement des tentes, pour éviter de se défoncer le dos avec les silex, dit Tom.

Il replia sa pelle militaire et se frotta les mains pour enlever la terre, l'air satisfait. Entre les deux tentes, ils avaient creusé un trou dans le sol pour faire le feu. Avec les vestes et les sacs accrochés aux branches, ça ressemblait quand même à un campement de pionniers, et rien que de voir comment on avait colonisé le coin, je me mis à sourire bêtement. Il manquait cependant quelqu'un.

— Aymeric n'est pas là ? je dis.

— Non, ricana Tom. Peut-être qu'il s'est noyé dans le point d'eau ?

— Ça t'aurait fait plaisir, chantonna une voix derrière nous. J'ai trouvé le point d'eau. Il est à deux cents mètres du camp.

On se retourna. C'était Aymeric.

— Qu'est-ce que tu trafiquais encore pendant tout ce temps ? dit Juliette. T'aurais mieux fait de revenir ici et de nous aider.

— Vous étiez bien tranquilles sans moi, dit Aymeric.

Tom haussa les épaules.

— Trêve, minus. On ne va pas passer la soirée à s'envoyer des vannes.

Il se pencha au-dessus du trou et s'escrima à faire partir le feu. Aymeric se planta au milieu de la clairière, les poings sur les hanches, contemplant le camp.

— Donc, dit-il, si je comprends bien, Juliette et moi on dort dans la même tente, et vous trois dans l'autre ?

— Plutôt rouler une pelle à un crapaud ! s'exclama Juliette avec un rire haut perché.

— C'est noté, dit Aymeric. Alors comment on fait ?

Tom et Juliette se jetèrent un coup d'œil.

— On avait pensé…

Sacha déboula de derrière moi.

— Ouais, pensé à quoi ? demanda-t-il à son frère. Il a raison, on fait comment ? Me dites pas que je vais pioncer avec Thibald et le nain… ?

Aymeric bomba le torse et se mit à brailler :

— C'est qui le nain ? Répète ça !

— Tom et moi, dit Juliette, on va dormir dans une tente. Après vous faites comme vous voulez.

— Hé, fit Sacha d'une voix blanche. Tom et moi on dort dans la même piaule depuis qu'on est bébés.

— Mais on n'est plus des bébés, mec, dit Tom d'une voix douce. Je dors avec Juju, c'est comme ça.

— Qui a rapporté les tentes ? dit Sacha. Y a la nôtre ici.

— L'autre elle est à moi, dit Juliette. À nous, rectifia-t-elle en lançant un coup d'œil à son frère.

Celui-ci s'était détourné de la conversation. Il s'était assis au pied d'un arbre et s'était mis à peindre une carte. Pour ce que j'en voyais, c'était une sorte de mare avec des arbres autour.

— Résumons, fit Aymeric en train de crayonner sa carte, t'as prévu de coucher avec ton petit copain avant de planifier ce super camping ?

Juliette sursauta, et Tom et elle échangèrent un regard furtif. Faut être honnête, la question d'Aymeric était intéressante. La foule attendait une réponse.

— On a rien prévu à l'avance, vous faites chier, explosa Tom. Thib, t'aurais dû prendre une tente. On n'en serait pas là.

Je crois que ma mâchoire faillit se décrocher, comme Coyote quand il imagine Bip Bip en poulet rôti. Ça me retombait dessus, j'arrivais pas à le croire. Un court instant je me mis à le détester.

— Tom, je dis lentement, je crois que je ferais mieux de vous laisser. Je vais retourner aux vélos. Sacha, passe-moi la clef de l'antivol. Allez, salut. Bonne nuit.

Sacha ne bougea pas. Juliette ne bougea pas. Ils regardaient Tom. Aymeric dessinait toujours, il venait d'ouvrir une plaquette d'aquarelle avec un claquement sec. Tom eut un mouvement.

— Attends, Thib. T'en vas pas comme ça.

J'étais furieux. Je fis mine de remballer des trucs dans mon sac. Je ne levai pas la tête.

— C'est pas ce que je voulais dire, soupira Tom. Je voulais pas le dire comme ça.

— Et comment tu voulais le dire ? je rétorquai. « Une tente Thib prendre t'aurais dû » ?

— Je voulais pas dire ça. J'ai parlé trop vite. Désolé, Thib.

Je m'arrêtai de ranger et soupirai.

— C'est toi qui fais chier, Tom.

— Moi aussi je t'aime, rigola-t-il.

Un classique. Je me relevai et fis semblant de lui mettre un coup de genou dans l'entrejambe. Il rigola de plus belle et je me mis à rire en écho, et on tomba tous les deux dans les feuilles. Quand on se releva, Sacha et Juliette avaient l'air soulagés. Aymeric avait rangé sa carte et son matos.

— Je vais vous aider à choisir, grinça-t-il. Je vous laisse la tente. Hors de question de dormir avec une bande de tordus comme vous.

Et lui aussi éclata de rire.

## 15.

On démarra le feu avec le briquet de Sacha. Juliette tira une petite glacière de son sac à dos et dit : « Surprise ! » Elle avait pris de la viande hachée avant de partir. Sacha sortit une poêle de voyage et commença à aplatir la viande pour faire des steaks hachés. Le feu avait bien pris, je rajoutai des brindilles et des branchettes pour l'alimenter. Puis je mis de plus gros morceaux pour faire du charbon. Avec des pierres, on fit un support pour poser la poêle sur le feu et griller la viande. Personne avait pris d'huile ou de beurre, mais Juliette déplia un papier où elle avait mis un morceau de gras de viande, pour graisser le fond de la poêle. C'est une organisation, faire des hamburgers en pleine forêt. Tout le monde se léchait les babines à l'avance. Seul Aymeric demeurait en retrait avec son matériel de peinture.

— Tu fais quoi ? lui lança Tom.

— Il fait son intéressant, dit Juliette.

— Te sens pas obligé de t'intéresser à moi, répliqua Aymeric. Tu vois bien que je m'intéresse pas à toi.

Tom eut l'air décontenancé.

— Laisse tomber, je lui dis en ricanant. Monsieur fait ses petits tours de magie.

Tom haussa juste les épaules.

Bientôt, l'odeur de viande grillée fuma dans la clairière. Il devait pas être loin de 8 heures du soir, on avait encore deux heures de jour devant nous au moins. C'était la belle vie, quand même. À un moment, Aymeric posa ses pinceaux, renifla quelques coups, et tourna la tête vers nous avec son sourire plat.

— Vous auriez pas dû faire ça. Ça va attirer les bêtes.

Il leva quand même ses fesses pour manger son hamburger. On avait fait griller le pain, mis les tranches d'oignons, la sauce, la viande, le fromage, et refermé le chapeau. Le truc bien, c'est qu'il y avait de quoi en faire deux par personne. Le bonheur tient à pas grand-chose.

Tom dézippa son sac et nous lança à chacun une bouteille de bière avec un clin d'œil.

— C'est de la blanche, c'est léger.

Les parents étaient loin. Après le vélo, le soleil, la forêt, le camp, le feu, la viande, la bière était logique. Tout était à sa place. Tom fit tourner le décapsuleur. J'ôtai le capuchon et pris une rasade. C'était frais. C'était bon.

Aymeric ne toucha pas à la sienne. Il l'avait même pas prise quand Tom lui avait tendue. Tom l'avait laissée devant lui, dans les feuilles mortes, et Aymeric l'avait regardé avec mépris.

On avait ramené nos cartes Magic, et après le repas on se lança dans un « Troll à deux têtes », deux contre deux. Aymeric s'installa plus loin, il préférait ses propres cartes. Je perdis en cinq tours au milieu des rafales d'éclairs, des charges de chevaliers et des rires, et regardai les autres s'écharper un petit moment encore. Puis je m'allongeai, et je me laissai embarquer par le spectacle des étoiles entre les branches. C'était haut. J'avais la tête qui tournait un peu, mais c'était agréable.

Aymeric, lui, est parti pisser dans un buisson en emportant son sac. Je me demandai s'il avait pris un rouleau de papier toilette avec lui, qu'il refusait de partager avec les copains. Ça ne m'aurait pas étonné de sa part.

Le buisson devait être loin. Quand je suis rentré dans la tente avec Sacha et que Tom est parti avec Juliette, il était toujours pas revenu.

# 16.

Je mis un moment avant de m'endormir. Malgré moi, je repensais aux cartes d'Aymeric, à cette pie horrible, à la fille qui avait perdu son bras en tombant à vélo, au sandwich triple-limaces. Dans un demi-sommeil, j'imaginais que je me levais, que je sortais de la tente, et que je tombais dans un trou noir, où plus rien ne ressemblait au vrai monde. Je sursautai et rouvris les yeux.

Dehors, de l'autre côté de la toile de tente, il y avait les bruits de la forêt. Les oiseaux de nuit qui s'appelaient d'un arbre à l'autre. Les frottements dans les buissons. À travers la toile, je voyais quand même les flammes de notre feu rougeoyer et ça me rassurait.

Je finis par trouver le sommeil.

Je me réveillai un peu plus tard sans savoir où j'étais.

J'avais la tête lourde, la langue pâteuse. Fallait que je boive et autre chose aussi. Il était clair que je n'étais pas dans mon lit. Je tâtai sur les côtés et ma main rencontra la toile de tente. Ce n'était pas ma chambre non plus. Quelques secondes passèrent avant que je me souvienne. La balade, les vélos. Aymeric. Je me redressai d'un coup à cause de ma vessie : elle était sur le point d'exploser. *Impossible de savoir quelle heure il est*, me dis-je en tâtonnant pour trouver la fermeture de la tente. Sacha dormait. En m'entendant ouvrir la moustiquaire, il grogna et se retourna.

Dehors, il n'y avait plus que des braises. Je fis deux ou trois mètres dans le noir, à l'arrière de la tente, et je me dis que c'était largement assez pour ne pas uriner sur Sacha – largement assez pour ne pas m'enfoncer davantage dans les buissons et les ronces qui m'attendaient au-delà du cercle de la clairière – et je baissai mon pantalon de pyjama.

Le bruit de ruisselet me soulagea un peu. Pendant que j'étais en train, un craquement de branche me fit relever la tête. Ça n'était pas un gros craquement, plutôt comme si quelqu'un avait cassé une fine baguette en deux.

Je fouillai des yeux dans le noir jusqu'à ce que ma vision s'habitue à la nuit. Un oiseau s'était posé sur une branche d'arbre, devant moi, à cinq ou six mètres.

Ça me coupa toute envie de faire ce que j'avais à faire. Un frisson courut le long de mon dos et jusque dans mes jambes. Je n'arrivais pas à distinguer ce que c'était comme oiseau, mais ça n'était pas un hibou.

Je pouvais voir les plumes effilées comme un corbeau, et il y avait du blanc.

Je ne pouvais plus bouger, et un murmure affolé souffla dans mon crâne que ça valait mieux, parce qu'il ne *fallait* pas bouger. Je fixai l'oiseau, qui sautilla sur la branche pour se rapprocher. Il y avait du blanc sur l'oiseau. *Une pie*, souffla le murmure. *C'est une pie. Et tu peux rien voir parce que c'est la nuit, mais on parie combien que cette pie n'a qu'un œil, qu'elle a l'aile cassée... ?*

Je reculai lentement, le plus lentement possible pour ne pas marcher dans la flaque d'urine, et quand l'oiseau poussa un croassement et sautilla encore plus près, je fis demi-tour presque en courant. Les mains en avant, je touchai la toile de tente et faillis tomber dessus.

Je contournai la tente et me retrouvai au centre de la clairière. Mon cœur battait à bloc.

Valait mieux que je me calme. *Une pie en pleine nuit ? Allons,* raisonnait la part rationnelle de mon cerveau. *À cette heure-là il n'y a pas de pie dans les bois. C'était autre chose. Un engoulevent.*

Je me tournai vers le feu et sursautai encore. Pas loin de la tente de Tom et Juliette, Aymeric était là, assis contre un tronc d'arbre, son sac Eastpak bleu dans le dos, comme coussin. Il avait allumé sa lampe frontale, et un rayon de lumière tombait de son front sur ses genoux, où il appuyait sa planchette à dessin. Des moucherons ou des lucioles tournaient autour, attirés par la lumière. Il était encore en train de colorier ou je ne sais quoi. Je soufflai et tâchai de respirer calmement.

Ce crétin m'avait fait peur. Je m'avançai vers le feu ; il tourna la tête vers moi. Le rayon de lumière pivota et atterrit en plein dans mes yeux. Je mis une main devant mon visage.

— Qu'est-ce que tu trafiques ? je lui dis.

— Et toi ? me dit-il d'une voix nouée. Tu fiches quoi debout à cette heure ?

Il cachait d'une main ce qu'il était en train de dessiner. J'étais trop estomaqué pour creuser la question. Je m'attendais presque à ce qu'il lève la carte devant le rayon de la lampe, la carte où un oiseau crevait l'œil d'un autre oiseau – qu'il me dise : « Alors... ? T'as vu ? T'as bien vu ? Tu me crois, maintenant... ? »

— Je vais juste m'occuper du feu.

Il ne répondit pas. Une impression subite me frappa, quelque chose qui était passé dans son œil. De l'excitation, mais pas seulement. Je me dis qu'il avait peur.

Mais il était retourné à ses dessins.

Je remis quelques morceaux de branches au milieu des braises. J'étais crevé et je repris le chemin de la tente au bout de trente secondes. Quand je me retournai pour fermer la moustiquaire, Aymeric avait éteint la lampe. Lui aussi avait plié bagage pour la nuit. Il n'y avait plus que le feu et les flammes qui crépitaient.

Je n'aurais pas su dire si une heure avait passé, ou deux. Je me dressai les yeux exorbités, réveillé par le cri.

## 17.

— C'est quoi ? dit Sacha de l'autre côté de la cloison. C'est qui… ?

— C'est Juliette ! je dis. C'est Juliette qui crie !

Ce n'était plus un cri. C'était des hurlements, et entre chaque hurlement elle reprenait son souffle et hurlait à nouveau. J'ouvris mon compartiment. Sacha se précipita sur la moustiquaire et la dézippa d'un coup. On manqua s'étaler sur Aymeric. Il avait dû profiter de notre sommeil pour rentrer dans la tente. Il pigna quand on lui marcha dessus. On sortit tous les trois échevelés, chancelant de fatigue. Le feu était encore là. Ça venait de la tente de Tom et Juju. Aymeric tourna vers nous un regard où il y avait pire que de la peur.

— Juliette ! hurla Sacha. Calme-toi, c'est juste un cauchemar.

Soudain, plus rien ne sortit de la tente, puis il y eut un filet de gémissement, comme si un bébé pleurait.

— Juliette ! dit Sacha plus doucement.

Il s'était approché de la tente, tendant la main devant comme pour caresser un animal craintif.

— Juliette, il dit encore.

Puis il s'agenouilla et ouvrit la tente. Il passa la tête et recula aussitôt. Il se tourna pour me regarder. Il était blafard.

— On a des pansements quelque part ?

Je pouvais plus avaler ma salive tellement ma gorge était sèche. Je croassai juste :

— Qu'est-ce qui se passe ?

— Les pansements, répéta Sacha.

Le gémissement reprit dans la tente.

— Les foutus pansements ! cria Sacha.

Aymeric le bouscula et se précipita sur l'ouverture. Il avait allumé sa frontale. Il arracha presque le battant de tissu. Le jet de lumière tomba sur la tête de Juliette.

Je sentis mon corps vaciller et mes yeux sortir du crâne. Aymeric hurla.

On la regarda en silence, incapables de sortir un mot. Le rayon de lumière tremblotait sur son visage, faisant luire le sang.

Elle nous regardait avec ses grands yeux et son gémissement. Elle serra les bras autour de son corps et se mit à trembler sans pouvoir s'arrêter. J'ai cru un moment que j'allais tomber dans les vapes, mais la voix de Juliette me retint au bord du trou, la voix grelottante.

— J-j'ai cru que c-c'était Tom. Il y a eu des ronflements, des grognements, et quelqu'un est venu sur moi pendant que je dormais. J'ai cru que c'était lui. J-je me suis tournée pour lui dire de me laisser tranquille, mais ça pesait sur ma poitrine et j'ai cru que j'allais étouffer. Et il – ça – a mis sa langue dans ma bouche, ça sentait comme quand c'est moisi. Ça a enfoncé sa langue dans ma bouche, et ça s'est mis à me mordre, à me mordre la bouche. Ça piquait. Des d-dents... d-des dents et des gros yeux qui roulaient... avec des bruits de gorge... Mon Dieu... ça piquait fort... j'ai saigné... je pouvais pas parler... J'ai mis mes mains dessus et c'était gluant… pourri… J'ai arraché un morceau… et quand ça a arrêté, ça a… ça a…

Le rayon de lumière s'était déporté et fouillait la tente.

— Où est Tom, bon Dieu ? explosa Sacha.

— Ça a emporté Tom, acheva Juliette.

Et elle s'effondra avec des sanglots, tout le corps qui tremblait et les mains sur son visage pour se cacher, les mains pleines de sang.

— Comment ça, « emporté » ? je dis.

Aymeric éclairait maintenant l'endroit où dormait Tom. Il y avait un trou dans la toile de tente, les fils de polyester pendaient, arrachés. Au sol, la terre semblait avoir été piétinée, non, raclée, comme si on avait traîné quelque chose. Tom n'était plus là. Il n'y avait que ce trou de tente, ce trou de terre et il avait été emporté.

— J-je c-crois que c'est de ma faute, beugla Aymeric. Tout est de ma faute… !

# 18.

Juliette ne pouvait pas bouger. On a essayé de la mettre debout avec Sacha, mais c'était comme avec une poupée trop lourde. J'attrapai Aymeric par les épaules et le forçai à me regarder.

— De ta faute. C'est pas toi qui as fait ça, Aymeric. Tu t'es pas amusé à faire ça à ta sœur. Tu caches un rasoir ? Explique. Comment ça, de ta faute ?

— C'est pas un rasoir, cria Aymeric.

Sacha éclairait le visage de Juju à la frontale. À chaque fois qu'il appuyait un morceau de coton pour désinfecter, elle poussait un gémissement de chiot écrasé. Ils ne prêtaient pas attention à nous. Je revins vers Aymeric.

— C'est ça, dit-il d'une voix rauque.

Et il me tendit trois cartes.

— Ça, c'est le « Gobemouche », souffla-t-il. C'est ça qui est entré dans la tente. Là c'est le « Baiser du Gobemouche », où il embrasse ma sœur. Là il… il emporte Tom chez lui.

J'examinai la carte du Gobemouche, une boule de chair avec deux yeux globuleux et de grosses lèvres souriantes. Une sorte de crapaud, mais qui d'une façon ou d'une autre avait muté horriblement. Je me demandai ce que ça faisait d'être embrassé par ça. Lentement, l'épouvante rampa sous mon crâne. Puis je réalisai ce que me disait Aymeric.

— Tu veux dire que tu as dessiné ces cartes avant que ça arrive… ? Que ça arrive vraiment ?

— Oui, gémit Aymeric. Tu me croyais pas, et voilà… C'est pas juste mon imagination… Des fois je dessine et il se passe rien, mais depuis qu'on est dans la forêt, ça marche super bien… Je te jure Thibald, je voulais juste voir jusqu'où… Je voulais pas…

— Jusqu'où ça irait, c'est ça, Aymeric… ?

J'avais mis le temps, mais maintenant j'étais sûr qu'il disait vrai. Que ses cartes avaient quelque chose à voir avec ce qui arrivait. Une autre partie de mon cerveau me disait que tout ça, c'était des conneries. Que Tom avait monté un coup. Qu'il allait se pointer en criant « Je vous ai bien eus, hein ? hein ? ».

— Sauf que le sandwich, dit Aymeric, je ne l'avais pas dessiné comme ça. Le sandwich était pire en vrai.

J'articulai :

— Tu essaies de me dire que le Gobemouche, il est pire que le dessin ?

Il ne répondit pas et je vis juste un éclair de terreur passer dans ses yeux. J'étais en train de croire ce qu'il me racontait. J'étais en train de croire qu'une horreur, le Gobemouche, avait enlevé mon pote et fait ça à Juliette. Je savais aussi une chose au sujet d'Aymeric – ce gosse tremblant comme une gelée entre mes mains.

Quoi qu'il ait manigancé, il avait perdu le contrôle.

Je me secouai et l'attrapai par le tee-shirt.

— On va suivre les traces de ta chose, et on va retrouver Tom.

Sacha était en train de réconforter Juju avec sa voix douce. Quand il m'entendit, il leva lentement les yeux sur nous, hagard.

— Tout de suite ? geignit Aymeric.

— Tout de suite. Oui, je dis.

# 19.

Je tirai Aymeric derrière moi. S'il était fautif, il allait devoir se racheter. Ça tombait bien ; je n'avais pas prévu de m'enfoncer dans la forêt et la nuit tout seul.

Chacun une lampe, et moi la hachette.

On fit le tour de la tente de Tom et Juju. Je m'accroupis pour regarder. Il n'y avait pas seulement un trou dans la tente et la terre raclée, il y avait aussi une traînée de terre et de feuilles mortes, qui montrait la direction par où Tom

*(avait été emporté par le Gobemouche)*

avait filé.

La traînée partait en direction des arbres. La lumière n'allait pas loin et se perdait dans les langues de brume qui nageaient entre les troncs. Je me relevai et regardai autour de moi. Le campement avait l'air désolé, avec la tente déchirée, le feu mourant et l'odeur de fumée froide, les bouteilles de bière autour du foyer. Est-ce que la bière avait rendu Tom fou ? Est-ce qu'il avait déraillé et fait ça à Juliette ? Je secouai la tête et regardai à nouveau vers le trou de la tente et la traînée dans le sol. Le meilleur moyen de savoir, c'était de la suivre. Aymeric attendait. Je lui dis « allez ! » et on se mit à suivre la trace dans les feuilles mortes.

Le gamin tremblait de tous ses os et je ne valais pas mieux.

On s'éloigna peu à peu de la tente. On sortit de la clairière pour entrer sous le couvert des feuillages. La brume nous renvoyait de temps à autre des reflets blancs, venus de nos lampes. Le moindre craquement dans le noir, tout autour, nous faisait sursauter, et je sentais Aymeric se coller à moi à chaque pas. Les idées qui passaient dans mon crâne étaient de la bouillie informe. Impossible de penser à autre chose que suivre la trace.

La brume rampait entre les troncs. Il y avait cette odeur d'humus partout. Il était plus de minuit, et la lune était cachée derrière des nuages. On parcourut environ deux cents mètres ; la trace tourna bientôt sur la gauche et descendit dans une combe creusée dans le sol de la forêt, une sorte de ravine.

Maintenant on était loin du campement. On descendait plus bas.

On arriva au fond de la combe, et je continuai de suivre la trace. Mon cœur s'était serré peu à peu, mais nous étions trop avancés pour arrêter et faire demi-tour. Je remarquai soudain qu'il n'y avait pas un bruit, juste un souffle froid qui courait au sol et soulevait les feuilles de temps à autre. Ça craquelait. Mais il n'y avait pas de bruits d'oiseaux. Les oiseaux crient toujours dans la nuit. Là il n'y avait rien.

J'attrapai Aymeric par le poignet. Il poussa un gloussement, un sanglot retenu.

On avança plus profondément dans la combe.

# 20.

Le ravin devait faire une vingtaine de mètres de largeur ; de part et d'autre, des murs de terre nous surmontaient, de deux fois ma hauteur. Des arbres avaient poussé au bord, laissant dépasser dans le vide leurs racines noueuses, effilochées par le temps et les pluies. Soudain, mon cœur bondit. À mes pieds la trace semblait s'enfoncer dans le sol, et autre chose avait creusé un sillon de part et d'autre – comme si

*(comme si quelqu'un – ton ami Tom – refusait d'être emporté)*

quelqu'un avait griffé la terre pour ralentir.

Je montrai la trace à Aymeric d'un coup de lampe. Je le regardai : il avait les yeux fixés dessus, incapable de prononcer un mot.

Je pris une profonde respiration et nous nous remîmes à suivre la piste, plus lentement, regardant à droite et à gauche toutes les cinq secondes.

J'avais le poing serré sur la hachette, mais quelque chose me disait que c'était inutile, que j'avais grandi entouré de douceur, que personne ne m'avait jamais appris à me battre, que le moment venu je ne saurais pas m'en servir. Je secouai la tête et serrai les dents. La brume avait dégorgé dans le fond du ravin, et je marchai sur la trace pour ne pas la perdre. Des feuilles semblaient avoir été jetées de tous côtés, comme si (*quelqu'un*) une bête s'était (*débattu*) ébrouée. À ce moment, au-dessus de nous, il y eut un croassement – un unique croassement – mais je refusai de regarder vers le cri.

Dans le halo de nos lampes s'étendait maintenant le fond de la combe, une impasse terreuse enfoncée dans le sol de la forêt.

Nous approchâmes à pas lents. Je tenais le manche de la hachette par les deux mains car il fallait bien que je m'agrippe à quelque chose. Sous nos pieds, la trace était devenue boueuse. Maintenant nos semelles faisaient des bruits mouillés quand on les enfonçait dans les feuilles mortes. La raison de tout ça devint évidente sous la lumière que nous projetions : le fond de la combe était occupé par une mare, qui prenait toute la largeur, une mare recouverte de lentilles d'eau.

Mais sous les lentilles d'eau, il y avait autre chose.

Balayant la surface du rayon de lumière, je voulus approcher du bord. Aymeric essaya de me retenir, mais je me dégageai. J'avais vu quelque chose. Mes pieds s'enfonçaient dans des trous vaseux. Il devait y avoir des sangsues là-dedans, des millions de têtards grouillant et d'œufs de taons.

Il y avait la chose sous les lentilles d'eau.

D'abord je vis juste le tissu, mais mon cœur descendit dans mon ventre, comme si quelqu'un l'avait largué du haut d'un pont. Je savais déjà ce que c'était, avant même d'avoir vu la jambe sous le tissu du jean, avant même d'avoir vu les bras flottant sous les lentilles et la tête de Tom.

Je voulus hurler, mais je n'avais déjà plus d'air à cracher.

Tom s'était noyé. Non. *Quelque chose* avait fait du mal à Juliette, avait traîné Tom jusqu'ici et l'avait noyé. Ces deux pensées bondissaient sous mon crâne en hurlant et en ricanant. Il y avait quelque chose de mauvais dans cette combe, et nous n'aurions pas dû être ici.

Je reculai d'un pas, les yeux fixés sur le corps. J'avais envie de pleurer. *Finalement*, souffla une voix dans ma tête, *tu l'auras eu, ton corps*. Je reculai lentement sans cesser de regarder ce qui flottait dans la mare.

Soudain le bras de Tom se mit à bouger. Plus précisément, il coula. Puis le reste fut entraîné au fond, sous les lentilles. Aymeric cria.

Je fermai les yeux quelques secondes et les rouvris.

Il n'y avait plus de corps.

Avais-je rêvé ?

Je grognai à Aymeric d'éclairer la mare, et moi-même je fouillai de la lampe sous les lentilles.

Plus de corps.

Je secouai encore la tête (*m'ébrouai*) pour voir si je ne rêvais pas. Plus de corps... ?

Plus rien sous les lentilles d'eau. Seulement les lentilles d'eau, le tapis vert sur la mare.

Le tapis vert qui se souleva lentement en son milieu, alors que nous étions penchés au bord pour bien voir.

# 21.

J'écarquillai les yeux, et dans un ruissellement les lentilles d'eau s'écartèrent. Dans la pâleur de nos rayons apparurent et clignèrent deux globules, gros comme des melons (*d-des gros yeux qui roulaient*), et le reste se souleva aussi, pendant que j'essayais de reculer (juste derrière moi j'entendais Aymeric haleter et déraper dans la boue), mais mon cerveau n'avait pas l'air d'accord pour appuyer sur la manette qui actionnait les jambes. C'était vert et gris – moisi – et il manquait des morceaux de peau, une peau couverte de pustules, à certains endroits du corps gonflé qui se soulevait du fond de la mare.

La chose ouvrit une bouche énorme, bardée de dents jaunes, plantées de travers et pointues comme des couteaux, et croassa.

Puis elle tâcha de s'extirper lentement de la mare, bougeant avec ce qui me semblait à la fois de la maladresse et une volonté épouvantable. Sous mon crâne, un signal rouge pivotait depuis quelques secondes. Je commençai à reculer, tandis que la chose, un crapaud de cauchemar – le Gobemouche –, faisait clapoter son gros ventre dans les lentilles, ouvrant la bouche pour mâcher des restes, des morceaux collés sur les gencives. Une langue gonflée et violette, ouverte au milieu par une plaie purulente, essuya les grosses lèvres ; puis ça se mit à crisser des dents. Je reculais trop lentement, je n'arrivais pas à accélérer. Je tendis la hachette devant moi comme pour conjurer l'apparition, mais la chose croassa et avança. Le gros ventre touchait le rebord. La chose s'appuya de deux pattes sur la rive, crissa encore des dents comme sur une pierre à aiguiser, et fit passer une première patte arrière sur la terre ferme. Puis elle se hissa – je devais être à dix mètres de distance – et bondit vers nous avec un croassement qui ressemblait à un rot. Aymeric poussa un cri qui s'envola entre les branches d'arbres, et le rayon de sa lampe disparut de ma vue ; il avait fait demi-tour. Le Gobemouche atterrit à deux mètres de moi – et l'espace d'une seconde, je pus voir dans ses yeux qu'il avait faim. Horriblement faim. J'agitai la hachette devant moi, et la chose sortit sa langue fendue, rotant à nouveau. Une odeur de pourriture jaillit. Quelque chose dans ma tête appuya soudain sur le bouton *Booster*. Je fis demi-tour et me mis à courir aussi vite que possible, remontant la combe, suivant Aymeric dont je voyais la lampe s'agiter follement entre les arbres – poursuivi par la chose qui bondissait derrière moi, faisant trembler tous ses boyaux quand elle retombait dans les feuilles avec un clapotement de gélatine.

Mais quand – à bout de souffle, arrivé tout en haut de la combe par où j'étais venu – je jetai un œil derrière mon épaule, il n'y avait plus rien. Mes poumons brûlaient et un sale goût remontait dans toute ma gorge. Cependant, j'eus beau balayer le fond de la combe, rien ne semblait attendre caché dans le noir ou sous le tapis de feuilles mortes.

## 22.

Aymeric surgit d'entre les arbres à un détour du bois, me plantant le rayon de sa lampe dans les yeux.

— Je ne l'avais pas dessiné comme ça, croassa-t-il. Tu vois ce que je t'avais dit.

— C'est sûr, soufflai-je, il n'y avait pas toutes ces dents sur le dessin.

— Et je… je n'ai pas dessiné non plus ce qui… ce qui est arrivé…

*À Tom*, complétai-je sans le dire.

Impossible de le dire.

Mais de retour au camp, quand Sacha et Juliette nous accueillirent avec des cris de soulagement, il fallut bien raconter ce qu'on avait vu.

Aymeric leur dit que la chose-crapaud avait probablement dévoré Tom. Au début, Sacha et Juju refusèrent de le croire, mais je confirmai point par point tous les détails. Est-ce que c'était la nuit ou la forêt, depuis quelques heures maintenant on était mûrs pour croire à tout, on avait passé le seuil. On était là où le réel se cache, où quelque part sous un tas de ronces une boîte a été ouverte et suinte de choses horribles. Juliette éclata à nouveau en sanglots, je lui mis la main sur l'épaule, elle se dégagea. Des morceaux de pansements couvraient tout le tour de sa bouche jusqu'aux oreilles (*un chouette sourire, hein ?*). Sacha fit un bruit de gloussement. Quand je me retournai pour voir ce qui lui prenait, je m'aperçus que lui aussi avait le visage gris, couvert de larmes et de poussière.

— Tu vas dessiner une carte, dis-je à Aymeric d'une voix rauque. Une carte « Nuit tranquille ».

— Dessiner une carte ? croassa Juliette.

— Oui, je dis. Une carte pour nous protéger.

— Je comprends pas, dit Sacha.

— Jusqu'ici moi non plus je ne comprenais pas, je dis.

— Je voulais pas faire ça ! chouina Aymeric. Pas comme ça !

— Une carte « Nuit tranquille » ! je lui rugis à la face. Tu peux faire ça ?

Il hocha la tête en tremblant, ouvrit sa boîte à aquarelle et se mit à peindre. Puis il nous montra le résultat : un camp d'aventuriers au repos. Tout semblait calme. Pas d'embrouille dans cette carte.

— Ça va marcher… ? dit Sacha d'une voix blanche.

*Oui*, je me dis. *Ça va marcher. Ça va sûrement marcher.*

On ranima le feu et on se terra dans le cercle de lumière, grelottants. Tout le monde fit semblant de dormir. Les autres devaient faire comme moi. Ils devaient ruminer les événements, les retourner de tous les côtés pour essayer de trouver du sens à ce qui arrivait. Juliette se retourna plusieurs fois avec des soupirs. Il y avait trop de bruits dans le noir derrière nous, trop de choses qui rampaient, trop de brume. Je n'arrivais pas à comprendre comment tout ça avait viré au cauchemar. Il y a des mots pour dire où on en était, des curseurs. « État de choc ». « Alerte rouge ». « Stress post-traumatique ».

— On devrait revenir aux vélos pour sortir d'ici et prévenir les gens, dit Aymeric tout haut.

Il m'avait fait sursauter. Sacha se dressa sur un coude.

— Demain matin, dit-il d'une voix pâteuse.

Puis il se recoucha.

Au bout d'un moment, je réussis à somnoler, la main sous la tête.

# 23.

Et sous ma main, en plein dans le sommeil, je réalisai qu'il y avait quelque chose de dur, de froid et de coupant.

C'est le tremblement qui me réveilla. Pas un tremblement violent. Juste une oscillation. J'ouvris les yeux et vis les étoiles au-dessus qui pullulaient comme des mouches. La lune était quelque part au fond du bois. Puis une voix scintilla dans mon cerveau : *Il est là, il est revenu, il te guette derrière les arbres pour te gober*, et j'eus l'intime conviction que le Gobemouche était là. *Il a rampé et bondi*. Je me redressai, encore à demi perdu dans le sommeil. Je clignai des yeux, essayant d'y voir quelque chose. Le talus était désert. Il n'y avait que nous, le feu et la tente. Les buissons ne bougeaient pas. Aymeric dormait à poings fermés, Juliette aussi. Sacha était allongé en chien de fusil, les bras autour des genoux. Il ronflait légèrement. Je me demandai comment il faisait pour dormir, puis je me rallongeai. Il y eut encore la chose dure sous ma main.

Je me redressai d'un coup et me mis à creuser sous les feuilles. Ce n'était pas un silex, je le savais. Je n'eus pas besoin de creuser longtemps. À la lueur des flammes, ça se mit à scintiller.

C'était un rail. Je creusai encore dans la longueur, et découvris le reste.

Nous avions dressé le campement sur une partie du talus où se trouvaient encore des rails. Que s'était-il passé… ? Nous avions dû marcher plus longtemps que prévu, ce matin, ou changer de direction, car pour ce que j'en savais, il n'y avait plus de rails ici depuis plus de cinquante ans. Nous devions avoir atteint le cœur de la forêt. Un coin où personne n'allait, où personne n'irait nous retrouver.

Je fermai les yeux et crispai les paupières. Ça, le Gobemouche et Tom, c'était beaucoup trop pour ma pauvre tête. Fallait que je dorme pour avoir les idées claires. Je m'accrochai à l'idée du jour qui arriverait dans quelques heures, des vélos, des parents et de la police. Je me rallongeai.

Au moment où je posai la tête sur mon sac, je sentis à nouveau l'oscillation, quelque chose de très léger qui venait du sol, quelque chose de régulier. Ça venait de loin. C'était doux. Ça berçait. Ça me berça jusqu'à ce que j'entende une longue plainte jetée par-dessus les arbres – une sorte de « *wouuu-houuu... !* » – alors le sol se remit à trembler plus franchement, faisant cliqueter les cailloux autour de nous. Sous ma main, le rail coupant vibrait. Je me redressai d'un bloc et regardai par-dessus Sacha, dans la longueur du talus.

Et soudain, à un tournant de forêt, dévidant la ligne de fer comme une pelote de fil, surgit un phare. Un phare immense et rond, jaune, un phare de train. Le tremblement s'accentua, le train gémit. Il nous fonçait dessus à toute vitesse dans un tremblement d'enfer. Je n'eus que le temps d'attraper Aymeric à côté de moi et de nous lancer tous deux au bas du talus ; le train passa avec un « tchac-tchac-tchac-tchac-tchac » de roues sur du métal, projetant des étincelles jaunes. Combien y eut-il de wagons ? Je serais incapable de le dire. Je regardai le train passer comme halluciné durant ce qui me parut une longue minute, incapable de détacher mon regard.

Puis je pensai à Sacha et à Juliette restés sur la voie et j'eus envie de vomir.

Qu'avait-il fait de mes amis ?

Le train disparut au tournant d'après, s'enfonçant dans les arbres avec un dernier coup de sifflet, presque un rire. Le tremblement cessa.

Je demeurai là, à côté d'Aymeric qui se frottait la tête. « Qu'est-ce qui s'est passé… ? » dit-il. Les membres et le crâne meurtris, j'étais incapable de répondre.

La lune sortit de derrière les arbres. Je me redressai.

Le train avait ravagé le campement. *Aussi*, ricana quelque chose dans ma tête, *quelle idée stupide de dresser le camp au milieu de la ligne de chemin de fer !*

À bout de souffle, je sortis la lampe de ma poche et projetai le rayon vers les rails, la tente déchiquetée, le feu noirci et fumant.

— Où sont les autres ? cria Aymeric.

— Sacha ? hurlai-je. Juliette… ?

Personne ne répondit. Mon crâne me faisait un mal de chien. Je ne cessais pas de balayer au sol, éclairant les fragments de polyester déchiré, et je n'arrivais pas à fermer les yeux.

— On peut pas rester ici, larmoya Aymeric. Faut sortir de cet endroit.

J'escaladai le talus lentement, les sens en alerte, prêt à capter le moindre tremblement du sol.

Mais il n'y eut rien.

Je pris mon courage à deux mains et examinai la longueur du talus, le contrebas de l'autre côté. Il n'y avait pas de traces de Sacha ou de Juliette. Un vague soulagement passa dans mon ventre. Je dis à Aymeric de me rejoindre, et nous fouillâmes les restes du campement.

En tâtonnant au sol jusqu'à ce que je retrouve mon sac sous les feuilles mortes, je me rendis compte soudain d'une chose qui me fit l'effet d'avaler un verre de glaçons. Il n'y avait plus de rails sur le talus.

*Plus de rails.*

J'essayai de réfléchir, malgré mon crâne qui tapait comme une foutue enclume.

— On va suivre le talus, dis-je à Aymeric. Comme ça, on reste sur une ligne droite, impossible de changer de direction. Si ça se trouve, c'est précisément ce qu'ont fait Juliette et Sacha.

Il valait mieux se raccrocher à cette idée… L'ancienne voie, me disais-je, nous conduirait forcément hors de la forêt, à un endroit avec des gens, la civilisation. Aymeric hocha de la tête frénétiquement.

— Par contre, dit-il d'une voix nouée, on marche rapidement et sans lampe de poche. On est à découvert ici. Ils peuvent nous repérer.

— Qui ça, « ils » ?

— Les trucs de la forêt, murmura Aymeric. Le train, Thibald, le train…

— Quoi… ? Quoi, « le train » ?

— J'ai pas dessiné le train, gémit Aymeric.

Je me passai la main sur le front.

— Tu peux pas nous dessiner des cartes de protection ? soufflai-je.

J'avais retrouvé ma hachette que je serrai dans mon poing, mais ça n'empêchait pas que j'étais presque en train d'implorer Aymeric.

— Protection de quoi ? murmura-t-il.

— « Bénédiction ». Je sais pas, moi. « Force de volonté ». Quelque chose qui nous permettra de nous en sortir.

— Mes lunettes sont tordues, pleurnicha Aymeric. Et mon sac est en miettes.

Il me montra les lambeaux de son Eastpak. Dedans, la boîte d'aquarelle était en mille morceaux, les crayons aussi, les cartes vierges déchiquetées. Une bouillie. C'était foutu.

— C'est comme si le train était passé dessus exprès, reprit Aymeric. Comme pour m'empêcher.

Les morceaux de cartes coulèrent entre ses doigts comme du sable.

Il n'y avait plus rien à dire. Il fallait filer d'ici avant de se faire mâchonner par la forêt. La lune disparut à nouveau derrière les branches du bois. J'éteignis la lampe. La nuit enfla et ouvrit la bouche. Les branches des arbres et les feuilles étaient si serrées qu'elles ne laissaient pas passer la lumière, le ciel, les étoiles, rien. On se jeta dans le noir et on courut un long moment.

La seule chose qui comptait était de fuir cet endroit maudit.

# 24.

Sans prévenir, les arbres s'abaissèrent, les buissons de ronces et de houx se resserrèrent autour du talus.

On franchit plusieurs taillis et la peau de nos bras fut déchirée par les épines.

La forêt semblait ne jamais finir.

De temps à autre, d'un coup de hachette, je me débarrassais d'une de ces lianes bardées de piquants, le genre de chose qui arrache la peau quand ça vous tombe dessus. De couper des trucs, ça me faisait du bien. J'avais au moins l'impression de ne pas subir.

— C'est pas possible, murmurait parfois Aymeric. On devrait déjà être arrivés quelque part.

On était quelque part, pensais-je, forcément quelque part. Mais cet endroit n'avait pas de nom.

— J'ai faim, gémit Aymeric un peu avant la fin de la nuit.

On mit en commun ce qui restait dans les sacs. Il restait pas lourd, des chips, des pommes, des chewing-gums. On fit parts égales, et chacun mangea en mâchant le plus longtemps possible, histoire de faire croire à nos estomacs qu'on mangeait un tas de trucs délicieux.

Les hamburgers, c'était il y a des siècles.

À un moment, un bruit de grenouille venu de la droite ou de la gauche nous fit sursauter. Nous nous immobilisâmes.

Le croassement enfla, puis se déforma. Il décrivit une sorte de cercle autour de nous, cherchant, s'éloignant, revenant.

Accroupis, on attendit que *ça* passe.

Ça finit par passer.

Nous repartîmes presque en courant jusqu'à perdre le souffle, tremblant de tomber dans la gueule du Gobemouche.

Nous atteignîmes une clairière en forme de rotonde, où le talus s'affaissait. Combien de kilomètres avions-nous parcourus au moment où l'aube se leva enfin ? Quinze ? Vingt ? J'étais épuisé. Aymeric aussi était dans un sale état. Dans la pâleur de l'aube, je vis son visage noirci par la poussière terreuse, et les stries des larmes sur ses joues. Sans parler, il me montra du doigt un arbre. Je compris tout de suite.

# 25.

Les branches étaient assez basses et intriquées pour qu'on puisse y grimper. Au moins ce qui rampait et se traînait au sol ne pourrait pas nous attraper. À bout de forces, nous parvînmes tout de même à escalader le tronc. Je dérapai plusieurs fois et me cassai un ongle, mais j'atteignis enfin deux branches qui faisaient une sorte de fourche étroite, où j'aidai Aymeric à grimper, le tirant par le bras. On s'installa comme on put contre le tronc. Aymeric s'endormit aussitôt. J'aurais bien voulu moi aussi, mais quelque chose dans ma tête me souffla que c'était hautement imprudent. D'après ce que je pouvais voir dans le petit matin, quelques branches feuillues au-dessous de nous nous dissimulaient en partie du sol ; mais si *quelque chose* avait levé la tête, *quelque chose* nous aurait vus à coup sûr. Je serrai le sac contre moi pour contenir mes tremblements.

Aymeric soufflait rapidement par le nez dans son sommeil.

Je finis par somnoler un peu, mais chaque froissement de feuilles me faisait sursauter.

La brume s'était levée du sol et flottait à hauteur de tête entre les arbres. L'humidité avait gagné mes vêtements et j'avais froid. Je m'ébrouai ; Aymeric remua. Je le laisserais dormir encore un peu, puis il faudrait repartir.

Je me demandai si le soleil taperait aussi fort que les derniers jours. Je l'espérais presque. Je me demandai si nos parents avaient lancé des recherches. Nous n'avions parlé que d'une seule nuit dehors. Dans *Stand By Me*, quand les enfants reviennent à la maison, les parents ne leur demandent rien, ils ne se sont presque pas aperçus de leur absence. Nos parents n'étaient pas comme ça.

*Pourquoi tu parles d'eux au passé ? Tu as peur de ne pas les revoir ?* chuchota une petite voix dans ma tête.

Je n'avais pas de plan pour sortir de la forêt. Nous ne savions pas quelle direction suivre et, pire, nous ne savions pas comment choisir la bonne direction. Suivre le talus de l'ancien chemin de fer avait été une bonne idée au début, mais ce talus ne nous avait menés nulle part.

Je me mis à penser à Sacha et Juliette, à Tom, et je sentis une boule monter dans ma gorge. J'allais vomir.

Le bruit venu de la clairière m'en empêcha.

## 26.

C'était une sorte de chuintement dans les feuilles. Je tressaillis en réalisant que quelqu'un marchait à proximité.

*Les crapauds ne marchent pas*, me dis-je, et un immense souffle d'air emplit ma gorge ; je faillis crier « Sacha ! Juliette... ! » Mais quelque chose me retint. Il valait mieux attendre de voir. J'attendis.

Le chuintement dans les feuilles se rapprocha. Je regardai au-dessous de l'arbre et vis passer une forme dans la brume. Une main me serra le bras et je tressaillis ; Aymeric s'était réveillé et regardait, lui aussi.

Ça n'était pas Sacha. Sacha ne marchait pas de cette façon voûtée. Sacha était plus grand que la forme. Je fis crisser l'écorce en ramenant mes jambes contre mon corps. La forme tourna la tête aussitôt, furetant de tous côtés en grognant.

C'était une sorte de nain.

Il tenait une corde.

Le nain passa, la respiration sifflante et courte, et quand il s'éloigna je distinguai la corde qui se balançait à sa main – une corde nouée qui allait et venait sans cesse.

Les doigts d'Aymeric se plantèrent dans ma peau. Qui le nabot voulait pendre comme ça, la réponse ne faisait pour moi aucun doute. Je fermai les yeux, priant pour qu'il disparaisse. Il y eut les chuintements, puis ils s'éloignèrent.

Nous restâmes contre l'arbre sans bouger pendant une bonne heure, le temps que le soleil perce le feuillage et inonde la clairière. Si le nain nous avait vus, il n'aurait pu nous atteindre sans escalader l'arbre, et je l'imaginai sautiller au pied du tronc, pestant et jurant, brandissant la corde.

Quelque chose avait franchement déconné. Suinté du pinceau d'Aymeric jusque dans la terre pourrie de cette forêt. Que le soleil se lève n'avait pas calmé nos inquiétudes. Avec le jour on y voyait plus clair, mais cela n'empêchait pas cet endroit de receler des dangers mortels, et nous le savions. La lumière n'y changerait rien.

Nous reprîmes la route en suivant un sentier qui courait entre les arbres, une trace de civilisation perpendiculaire à l'ancienne voie ferrée. La brume venue du sol charriait des odeurs d'humidité et de moisissure, des odeurs de sous-bois. Je me dis que c'était étrange parce que, d'habitude, j'aimais bien ces odeurs. Si nous en réchappions, ce serait désormais pour moi l'odeur de l'horreur sans fond.

Nous marchions sans parler, la peur au ventre, tournant chaque seconde la tête de tous côtés pour examiner ce qui se dissimulait derrière les troncs minces comme des crayons.

Je repensai longuement aux cartes d'Aymeric, à l'écriture en bâtons qui striait la partie inférieure de chacune d'entre elles, son horrible alphabet. Un alphabet qui pouvait crever l'œil d'une pie. Qui pouvait faire sortir des choses sans nom de mares au fond de la forêt.

Qui pouvait emporter et engloutir les gens que vous aimiez. Qui pouvait faire surgir un train du plus profond de la nuit. Je n'avais plus besoin de me persuader que j'avais raison ou que je me trompais – j'avais vu tout ce qui était arrivé.

Je compris également que j'étais au seuil de la folie, juste devant la porte. Je ne savais pas comment frapper ni quelle poignée tourner, mais ça n'allait pas tarder à s'ouvrir.

Vu comment Aymeric haletait à mes côtés, lui aussi était au bord.

Nous devions nous éloigner de la folie. Nous devions trouver la lisière et sortir de la forêt. Nous étions encore vivants, mais le compte à rebours tournait. Les choses de la forêt nous recherchaient.

Tant que nous pouvions marcher, il nous restait une chance.

# 27.

Nous avons marché longtemps en évitant les clairières, les endroits où tout le monde peut vous voir sans possibilité de se cacher. Le soleil s'est levé très haut, et à travers les branches il y avait des lances de lumière.

Nous avons revu le nain. Il furetait toujours et balançait sa corde. Nous nous sommes cachés sous un buisson, ramassant des feuilles pour mieux nous camoufler et attendant qu'il s'en aille.

Quand j'ai voulu repartir, Aymeric m'a regardé avec des yeux implorants : « Laisse-moi ici. Je peux plus faire un pas. » J'ai passé un bras sous ses aisselles pour le soutenir et nous sommes repartis.

Nous avons vu de loin une fille qui pleurait. De dos, elle ressemblait à Juliette. Au moment où je m'apprêtais à hurler son prénom, j'ai vu Aymeric les yeux agrandis par la terreur qui faisait « Non ! » de la tête. Mon pied a craqué sur une branche, la fille s'est retournée vers nous. Elle ne pleurait plus. Des lambeaux de peau avaient pourri sur son visage, et elle n'avait qu'un œil. Elle a souri et elle s'est levée. Nous nous sommes enfuis en courant.

À un endroit de la forêt, le sol est devenu mou et glissant comme une vase sous nos pieds, et j'ai vu une mare limpide. On mourait de soif, on n'avait plus d'eau depuis cette nuit. On est allés vers la mare pour remplir la gourde trouvée dans mon sac. Puis il y a eu des bulles et l'eau a fait des cercles, comme si quelque chose au-dessous remontait à la surface. Quand deux yeux sont sortis de l'eau, nous avons bondi en arrière, laissé tomber la gourde et fait demi-tour à toute vitesse.

Aymeric puisait dans ses dernières forces. L'adrénaline.

Nous avons couru longtemps en évitant les clairières, les mares et les combes.

Accrochée à une branche, nous avons vu l'ombre d'un pendu à travers les arbres. Elle se balançait lentement dans les éclats de soleil. Je n'ai pas vu son visage. J'ai pensé au nain et j'ai détourné la tête.

J'ai retrouvé le talus. Ce n'était pas l'endroit où la tente avait été déchiquetée. Quand nous nous sommes approchés, des rails neufs luisaient au soleil. Nous nous sommes regardés, écarquillant les yeux, et nous avons reculé lentement.

Pour nous donner du courage, nous avons compté les bouleaux sur notre chemin. Puis nous avons compté les chênes. Puis quand il y eut trop d'arbres, nous avons arrêté de compter. Mais nous avons continué à marcher jusqu'à ce que le soleil disparaisse au-dessous des arbres.

Alors nous avons atteint la lisière.

# 28.

Comment nous avons trouvé ce sentier de pierre, personne n'aurait pu le dire. Toujours est-il qu'en le voyant, Aymeric et moi on a senti notre cœur sauter dans notre poitrine.

— C'est pas vrai, a croassé Aymeric, un sentier ! Un vrai sentier.

Sa voix était méconnaissable.

— Allez, je dis d'un ton brutal. On y est presque. On va sortir de là, Mimi.

Il se contenta de ravaler deux ou trois sanglots, et on suivit le sentier de pierre. Il nous conduisit en bordure de forêt. Les arbres s'arrêtaient d'un coup, comme coupés sur la carte d'un trait de règle. Le trait de règle, c'était une foutue route, une route en dur, presque du goudron, une route de garde-forestier. Quelque chose où un pick-up pouvait rouler et nous embarquer loin de là.

— Et maintenant, dit Aymeric, on monte ou on descend ?

La route s'étirait de part et d'autre, devant et derrière nous. Impossible de savoir. Je me dis que monter c'était toujours bien, que c'était mieux que descendre. Descendre, on en revenait, et de tellement loin. On remonta la route, marchant au milieu, laissant derrière nous des traînées de poussière dans le soleil rouge.

En haut de la côte, j'attrapai Aymeric par le bras.

— Regarde !

Deux formes marchaient sur la route devant nous et venaient dans notre direction. Quelque chose me paralysa, comme si j'avais vu mon propre reflet. Aymeric hurla.

— C'est ma sœur et Sacha !

Je me secouai et on se mit à avancer, comme aimantés.

Il avait raison.

C'étaient Sacha et Juju.

Quand je les reconnus, je me mis à pleurer sans contrôle.

En face, les deux faisaient la même chose.

On avança jusqu'à se rentrer dedans presque. On tomba dans les bras les uns des autres.

On pleurait et on rigolait. C'était de la vraie peau, des vrais vêtements, de vrais cheveux sous les doigts. Juju et Sacha. Pas des songes atroces qui ne pensaient qu'à vous tuer. Le soulagement de s'en être tirés nous rinçait comme une vague.

— Après le train on a cru que vous étiez morts ! dit Juliette en même temps que moi.

On se dévisagea et on éclata de rire.

— Chips, croassa Aymeric.

— On n'a pas retrouvé Tom, par contre, dit Juliette.

Elle était au bord des larmes d'un seul coup. Je n'avais plus la force de lui dire qu'on ne le retrouverait pas.

Mes yeux me brûlaient. Je me tournai vers Sacha.

— Est-ce que l'un de vous a un stylo ? N'importe quoi dans ce genre.

— J'ai ça, dit Juliette.

Elle tira d'une poche de sa veste un vieux bic. Je me mis à prier pour qu'il marche. Je le lui arrachai presque des doigts et le tendis à Aymeric.

— Prends ça et sauve-nous, Mimi. Y a que toi, maintenant, qui peut faire ça.

Il louchait sur le bic, me le prit des mains et fouilla dans sa poche, concentré. Il en tira une carte. C'était le Gobemouche. D'abord il noircit ses yeux, genre « Maintenant t'es mort ». Sacha et Juliette se penchèrent au-dessus de son épaule, crispant les dents.

— Poussez-vous, je gueulai, vous allez le déconcentrer… !

Puis Aymeric retourna la carte : le dos était blanc.

— Voilà, je dis. Vas-y.

— Je dessine quoi ? murmura Aymeric.

— Je sais pas, soufflai-je. C'est toi l'artiste. Un 4 × 4. Un véhicule tout-terrain. Donne tout c'que t'as, Aymeric.

Il s'accroupit et s'appliqua. Il dessina quelque chose du type Dodge Ram, un truc énorme. Il se débrouilla pour brosser la calandre, la faire reluire juste avec le bic. C'était radieux comme bagnole. J'ai pas d'autre mot.

— Maintenant faut attendre, il dit.

— Attendre quoi ? demanda Juliette d'une voix tendue.

Aymeric posa la carte côté Dodge au milieu de la route, dans le soleil tombant, et il se redressa, les yeux droit dans la boule rouge qui dépassait de la route. À un moment, le soleil tomba sur la carte, et je retins mon souffle.

Et on attendit.

On n'attendit pas longtemps.

# 29.

Le rugissement venu de derrière nous fit sursauter tous les quatre. Aymeric courut vers le sommet de la côte.

— C'est le Dodge ! hurla-t-il.

Sacha secouait la tête comme s'il n'arrivait pas à y croire.

Juliette et moi on leva les bras en criant vers le ciel noirci.

Les phares du Dodge Ram nous aveuglèrent bientôt. Dans le faisceau blanc on vit Aymeric agiter les bras de bas en haut, comme pour faire atterrir un avion.

Le Dodge s'arrêta sur le côté de la route. La poussière volait dans les projecteurs. Un gars ouvrit la porte et alluma une lampe de poche, qu'il nous braqua dans le visage.

— Qu'est-ce que quatre gamins fichent à cette heure dans ce coin de la forêt ?

Il se tut et nous examina. Ça dut lui suffire, puisqu'il articula en secouant la tête :

— C'est bon, montez. Vous allez me raconter ça.

Et maintenant on roulait. Ça faisait un bon bout de temps, tout le monde s'était endormi à l'arrière du pick-up. On avait raconté notre histoire à Moe, le conducteur du Dodge. On n'avait pas tout raconté. Monsieur Goubech était garde-forestier. Il nous dit que le Dodge c'était son côté américain, et la solitude son côté breton. On avait rigolé sans trop savoir pourquoi, juste de parler à un être humain, probablement. Il dit qu'il ne travaillait pas souvent dans ce coin de la forêt, qu'on avait eu de la chance. Il raconta des histoires de bêtes, que les sangliers avaient envahi la forêt ces derniers temps. Le moteur ronflait. Il y eut la route et encore la route, et le silence submergea bientôt l'intérieur du pick-up.

Tout le monde dormait. Aymeric geignait dans son sommeil par instants, Sacha ronflait légèrement, Juliette respirait juste par le nez. Les pansements s'étaient décollés autour de sa bouche, et à cause de la crasse terreuse, certaines de ses blessures s'étaient remises à saigner. Elle avait dit à Moe Goubech : « C'est rien qu'une chute de vélo. »

Moi aussi je commençais à m'endormir, même si le chemin retour me semblait long, très long. Mais quand on a sommeil, le temps s'étire et on ne sait plus trop où on en est. Je me calai mieux dans le siège de cuir et m'appuyai sur l'épaule de Juju. Juste avant de tomber dans le sommeil, j'ouvris un œil et croisai le regard de Moe Goubech dans le rétroviseur, deux yeux globuleux et sans paupières. Il me fit un sourire plein de dents, de dents par milliers comme des rasoirs.

## L'auteur

Romancier le soir aux alentours de minuit, Thibault Vermot est né en 1985. Il a écrit *Colorado Train*, *Fraternidad* et *La Route froide*, parus chez Sarbacane. Une expérience de camping non loin d'une mare en pleine forêt l'a marqué à tout jamais, et l'a poussé à écrire le livre que vous tenez entre les mains.